令嬢はまったりをご所望。4

三月べに

Beni Mitsuki

RB
レジーナ文庫

登場人物紹介
獣人傭兵団
シゼ
チセ
リュセ
セナ
オルヴィアス
ルナテオーラの弟。
絶世の美貌の
持ち主で、
英雄としても名高い。
ローニャに振り向いて
もらうため、
喫茶店の常連に。
ローニャ
とある小説の世界に
悪役令嬢として
転生した少女。
婚約破棄をきっかけに、
田舎街で喫茶店をオープン。
前世からの念願である、
まったりライフを満喫中。
ロト
蓮華の妖精。
お掃除が好き。

ハルト
ブルクハルト
男爵家当主。
トレジャーハンター
としても活躍中。
レイヴ
翼を持つ
黒豹の姿にも
なれる幻獣。
ハナ以外は
眼中にない。
ルナテオーラ
エルフの国
ガラシアの女王で
オルヴィアスの姉。
強く美しい女性として
慕われている。
ハナ
儚い見た目とは
裏腹に元気
ハツラツな
人間の少女。
もふもふが大好き。
その正体は――?
キャッティ
猫タイプの
耳月人《みみつきびと》の少女。
ブルクハルト家の
メイド兼ハルトの
部下で、天才的な
ドジっ子。

目次

令嬢はまったりをご所望。 4

第1章 ❖ 冒険のお誘い。

1 ローニャ。

「まったりした人生を送りたい。昔からそう願っていました」

それは幼い頃よりも前、前世からの願い。

でも、いきなり前世のことまで話すのは混乱させてしまうでしょう。

私は、まったり喫茶店に集まっている獣人傭兵団《ようへいだん》の皆さんとリューの顔を順番に見た。

それから、リューとリュセさんにもらったサファイアのネックレスをきゅっと握り締める。

彼らのことを信じて、私はずっと隠していたことを打ち明けようと決めた。シュナイダーのこと、貴族をやめたきっかけ……私がこれからどんな話をしようとも、彼らはきっと受け入れてくれるだろう。

前世の私は、息をつく暇もないくらい忙しい日々を送っていた。苦しすぎる日々の果てに過労で倒れ、息絶えたのだ。

そうして気が付くと、前世で読んでいたネット小説の登場人物に生まれ変わっていた。悪役令嬢ローニャ・ガヴィーゼラ。主人公《ヒロイン》に婚約者を奪われてしまう、意地の悪いキャラクターとして描かれていた。

そんなローニャ、つまり私の人生は物心ついた頃からせわしなかった。

「幼い頃からさまざまな教育を受けて、息もできないくらい苦しい生活をしていました。家族はとても厳しく、伯爵令嬢としてひたすら高みを目指すよう強要されていました」

「強要するだけして、ろくに褒《ほ》めてくれない家族だったんだろう？」

純白のもふもふチーター姿のリュセさんが顔をしかめる。

「ええ……そうですね」

私は思わず視線を落としてしまった。褒《ほ》められたことなんて、一度もない。

「けれども、祖父であるロナードお祖父様《じいさま》は優しい人でした。ロナードお祖父様《じいさま》と、そして……先ほどのシュナイダーがいてくれたおかげで、苦しい生活にも耐えられたのです」

シュナイダーを追い出した白いドアに視線を送ると、話を聞いてくれている皆さんの目も自然とそちらへ向かった。

「でもよ、さっきの奴に婚約を解消されたんだろう?」

青い狼の姿のチセさんが、確認するように問う。

そう、シュナイダーとは婚約関係にあった。けれども彼は、小説の舞台であるサンクリザンテ学園で、小説の主人公《ヒロイン》であるミサノ・アロガ嬢に惹かれていってしまったのだ。

そして小説の展開通りに婚約を破棄し、私を学園から追い出した。

「シュナイダーは他の女性を愛したのです」

「婚約までしたのに心移りなんて、最低な男だね」

淡々とした口調で言い放つのは、緑色のジャッカル姿のセナさんだ。

「彼にとって、彼女が運命の人だったのでしょう……」

最初から、そういうシナリオだった。

また視線を落としてしまう私の腕に、隣に座るリューの手がそっと添えられる。

サファイアの涙を流すフィーロ族のリューは今、私の家に居候《いそうろう》中だ。

大丈夫との意味を込めて笑みを返すと、リューもまた、ほっとしたように微笑んだ。

「婚約破棄の原因は誤解です。私が彼女に嫌がらせをしたという誤解が重なり、嫌われてしまいまして」

「はぁ!?　何それ！　アイツ本当最低な野郎だな！　追いかけてシメてやろうか？」

興奮した様子のリュセさんが尻尾をブンブンと振り回して怒ってくれる。

「自分で勝手にフッておいて、のこのこやってきてヨリを戻そうとしたのかよ？　やっちまおうぜ、シゼ！」

チセさんも怒ってくれて、静かにコーヒーを啜《すす》るシゼさんに話を振った。シゼさんは、純黒《じゅんこく》の獅子の姿。

「やめなよ」

シゼさんが答えるより先に、セナさんが止めた。

「さっき見たでしょう？　ちゃんとローニャが自分で追い返した。それだけで十分ダメージを与えられたはずだよ」

「お恥ずかしいところを見られてしまいましたね……」

右頬に手を当てて、私は苦笑を零《こぼ》す。

「いいの。あのバカにはもっとダメージを与えてやれば」

ふんっ！　と鼻息を荒くするリューの青い髪を撫《な》でた。

「もういいの。過ぎたことだもの。それに私は婚約破棄されたおかげで、せわしない生活から逃げ出せて、まったりしたいという念願が叶い、ここにいられるのです」

この最果ての街ドムスカーザで、小さな喫茶店を経営しながら、こうしてまったりしていられる。

「私はこうしていられて幸せです」

そう笑顔で伝えた。

＊❖＊

ローニャに店から締め出されたシュナイダーは、放心して立ち尽くしていた。

こうなってしまうとは、夢にも思わなかった。

とにかく話をしなくてはと、目の前で閉ざされた白いドアのドアノブに手をかける。

しかし、力を込めた矢先、自分の背に突き刺さる殺気に気付いた。

振り返ると、広場からゆっくりとこちらへ向かってくる一人のエルフ。

旅人風の若緑色のマントを羽織《はお》り、白銀に艶《つや》めく長い髪を靡《なび》かせる、英雄オルヴィアス。

星が瞬《またた》いているような藍色の瞳が、シュナイダーを鋭く射抜いた。

「ローニャの前にその顔を晒《さら》すなと言ったはずだ、シュナイダー・ゼオランド！」

「オルヴィアス……っ」

怒りを露《あら》わにしたオルヴィアスは、エルフの国宝の剣を抜いた。

シュナイダーも剣を抜く。衝突は免《まぬか》れない。

オルヴィアスの足元から白い光が伸びて、シュナイダーを呑み込んだ。


街外れの平地に移動して行《おこな》われた決闘は、そう長くはかからなかった。

オルヴィアスの圧勝。ボロボロになったシュナイダーが膝をつく。

歴史に名が残るほどの英雄に、敵《かな》うわけがないのだ。

数々の戦争を勝利に導いた、生きる伝説なのだ。

「二度とローニャに会うな！」

その言葉だけを残し、オルヴィアスの姿が消える。

悔しさに顔を歪《ゆが》め、シュナイダーも移動魔法で学園に戻った。

ヘンゼルとレクシーが、現れたシュナイダーの様子に驚く。

「どうしたんだい⁉　そのボロボロの姿！」

「誰にやられたの⁉」

「……なんでもない」

オルヴィアスに負けた、とは口にできず、シュナイダーはそう呟いた。

「とりあえず、治癒の魔法をかけるよ？」

ヘンゼルが治癒魔法を行使する横で、レクシーが詰め寄る。

「あの子は⁉　ローニャは元気だった⁉」

「あ、ああ……」

シュナイダーはうろうろと目を泳がせた。

まさか拒絶されて追い返されたとは、言えない。

「あなた……謝った？」

「えっ」

素《す》っ頓狂《とんきょう》な声を上げてしまうシュナイダーに、レクシーは額を押さえて大きなため息を吐いた。

「開口一番に謝ったのか、って聞いているのよ！　バカシュナイダー！」

「……い、いや」

「バカなの⁉　あなたが真っ先にすべきことでしょう！　何しに行ったのよ⁉」

胸ぐらを掴もうとするレクシーを、彼女の護衛達が止める。

「ローニャは……怒っていた……」

「当たり前でしょう⁉　あの子には怒る権利があるわ‼　こっちは一刻も早くあの子の

無事をこの目で確認したいところを我慢して、あなたに譲っているのよ!?　さっさと謝罪して仲直りをしてきなさい!!」

そう怒鳴って、レクシーはその場から立ち去った。

手を貸してシュナイダーを立たせたヘンゼルが、静かに問う。

「ローニャ嬢は……なんと言ったんだい？」

「……」

時間を要したが、シュナイダーは重い口を開いた。

「今のオレは嫌いだと……二度と来ないで……と」

口にすると胸を抉《えぐ》られるような痛みを感じて、シュナイダーは胸を押さえて俯《うつむ》く。

「な、なんでまた、そんなことを言われたんだい？」

「……また後日行って、ちゃんと謝ってくる」

「そ、そう……頑張って？」

ヘンゼルが気遣う視線を送るが、胸の痛みを取り除く魔法はなかった。

2　傷心冒険。

　ある日の午後。

　店を訪れたお客さんは四人組だけれど、獣人傭兵団ではない。

「いらっしゃいませ。お好きな席へどうぞ」

　笑顔で迎えたものの、彼らの顔を見た瞬間に私は回れ右をした。足がガクガク震えてしまうのを堪《こら》えながら一度キッチンへ逃げ込もうと考える。

「ここ、評判がいいと聞いたのだが、真昼なのに空《す》いているんだな」

　先頭で入ってきた男性が私に向かって言いながら、右の手前のテーブルについた。はい、と裏返った声で返事をする。

「ケーキが評判の店だからピークはお茶の時間じゃないですか？　ね！」

「騒ぐな、座れよ」

　はしゃいだ様子の女性の声で、やはり間違いではないということを思い知った。彼らは私の知り合いだ。

最初に口を開いた男性は、ブルクハルト男爵家の当主ハルト様だ。前当主がトレジャーハンターで、かつて盗まれた王家の財宝を取り戻したことにより、爵位を与えられた家。ハルト様自身もトレジャーハンターとして活躍している。

以前、授業の課題のために出かけた時にばったりお会いして、私の力を貸す代わりにトレジャーハントを体験させてもらった。だから、この一行とも顔見知りだった。

たまたまこの店に立ち寄ったらしい彼らは、まだ私には気付いていない。

今すぐにでもここから逃げ出してしまいたい気持ちをグッと堪《こら》えて、頭をフル回転させる。

……キッチンに入って変身魔法を使おう。幸い、ハルト様は魔法が得意ではないから、気付かれることはないはず。他の人もだ。きっとうまくいく。

「あっれれぇ～？　やっぱりだぁ！」

不自然にならないよう心がけながらキッチンに逃げ込もうとした私の前に、女性が割り込んできた。

「この匂い、ローニャお嬢様だにゃ！」

しまった！　この人がいたんだった！

満面の笑みを浮かべる彼女の髪は真っ赤だった。燃えるような艶《つや》やかな赤い髪は前下がりで外はねしたボブヘアー。

首には黒く太いリボンチョーカー。肩の部分を露出したオフショルダーの黒いシャツは、身体にフィットしていて、豊満な胸の形と腕の細さを引き立てていた。

指ぬきグローブからは、鋭い爪が印象的な指先が覗いている。ハイウエストの短パンを穿いてくびれを露《あら》わにし、ハイロングブーツでセクシーな足まで魅《み》せた格好。

腰のポーチの下から、長い真っ赤な尻尾がピンと立つ。

そして、頭の上にはピクンと震える猫耳。

「なんでこんな、国の最果てにいらっしゃるのですかにゃ？」

ハルト様のもとで、普段は猫耳のメイドを、トレジャーハント中は猫耳の部下をしている彼女。人間より嗅覚が優《すぐ》れているキャッティさんに、匂いでバレてしまった。

人間の姿に、動物の耳と尻尾だけではなく、その能力や性質も備えている。

俗に半獣人と呼ばれることが多いけれど、獣人族とは全く別の種族で、正しい種族名は耳月人《みみつきびと》族だ。

キャッティさんは、猫タイプの耳月人《みみつきびと》。

「ローニャ・ガヴィーゼラ嬢！　気付かず申し訳ございません。お久しぶりですね。……なぜこんな最果ての街の喫茶店に……？」

ハルト様は立ち上がって私に恭《うやうや》しく頭を下げると、不思議そうに首を傾げた。光に当たると赤く透けるような黒髪はウルフヘアーで、動きやすそうなジャケットにズボンとロングブーツ姿。

残る二人は、黒髪を三つ編みにした長身の女性ミッシュさんと、筋肉質な二の腕を晒《さら》しオレンジの髪を立たせた男性リチャードさん。

ハルト様は友人に急かされてやっと社交パーティーに顔を出すようなお方。私の噂は全く知らないらしい。私は困って苦笑いする。

問いかけに答える前にまず注文をとって、お肉たっぷりのサンドイッチを出した。

それから、四人が席についているテーブルに一つ椅子を運んで、腰を下ろす。そして私は、シュナイダーに婚約破棄をされて学園を追い出され、誰にも知らせずここに住み始めたことを明かした。

ハルト様達は、ただただ唖然《あぜん》としている。

「なんて奴なんですか！　シュナイダー様のあの野郎様め！　ギッタンメッタンにしてやりたいですにゃ！」

「まぁまぁ、キャッティさん」

怒り出したのは、感情豊かなキャッティさんだ。宥《なだ》めようとしても、リュセさんと色違いの尻尾がブンブンと左右に揺れるだけ。

「こんなチートまがいに優秀で、いい子のローニャお嬢様をフるだにゃんて！　全くバカな男です!!　フシャー！」

「またわけわからんこと言って……ローニャお嬢様を困らせるな」

目を吊り上げたキャッティさんを、飼い主のハルト様が押さえ込んで静かにさせる。

その様子を眺めていると、ハルト様が真剣な眼差《まなざ》しを向けてきた。

「気の毒に思いますが……オレにはあなたを元の居場所に戻す力も方法もない。申し訳ありません」

「いえ、私は貴族をやめたいと思っていた身ですので、ハルト様が申し訳なく思うことはありません。どうぞお気になさらないでください」

そう笑って答えると、少しの間沈黙が落ちた。

気を取り直すように、ハルト様が身を乗り出す。

「傷心中に不躾《ぶしつけ》だとは存じますが、トレジャーハントしませんか？　前回とは違い、報《ほう》酬《しゅう》はしっかり払います」

目をキラリと輝かせて迫ってきた。

エリート魔法学校を卒業したもののあまり魔法の腕に自信がない――授業をサボって

冒険していたとか――と言うハルト様は、私の魔法の腕が欲しいらしい。

前回は私もトレジャーハンターの冒険を体験してみたくて、魔法の力を貸すという条件で参加させてもらった。一言で言えば楽しい経験だったけれど、もう一度参加したいかというと……。

私はハルト様の右隣に座るキャッティさんに目を向ける。

彼女はなぜ自分を見るのかわからないといった様子で首を傾げた。けれど、ハルト様とミッシュさんとリチャードさんは、よーくわかっているといったように頷《うなず》いている。

キャッティさんはその身体能力を活かしてどんな冒険もくぐり抜けてきたと言うのだけれど、一つだけ大きな欠点がある。彼女は壊滅的なほどドジなのだ。それも、命の危機に晒《さら》されるほどのトラップを発動させてしまう天才で、前回の冒険では何度も肝を冷やした。魔法でカバーして回避できたけれども。

毎回毎回、ハルト様が怒声を飛ばしながら一同で生還しているけれど、どうやら未だに彼女の致命的なドジは直っていないみたい。

「え、遠慮します」

「また誘います！」

ハルト様は、めげなかった。私の魔法があれば、彼女のドジ回避の確率が上がるからでしょう。私はその彼女のドジが怖いので嫌なのですが。

話している間にランチを終えたハルト様一行は、これから王都に戻るそうだ。長居をすることなく、腰を上げた。当然、私の所在については口止めをしておく。

「ローニャお嬢様」

ドアまで見送ると、キャッティさんに両手を握られた。

「もうお嬢様ではないですよ」

「お嬢様って呼びたいですにゃ！」

キャッティさんがそう言うのなら、あだ名ということで。

「ローニャお嬢様は、ヒロインです。それもとびっきり愛されるヒロインですにゃ！だからハッピーエンドを信じてください！　一番の魔法ですにゃ！」

とってもおかしなことを言うものだから、笑ってしまう。ブラウンの瞳のキャッティさんは、満面の笑みを浮かべたまま。

「嫌われ者の悪役として追い出されたようなものですが……ええ、はい。幸せになれると信じています」

この先自分が不幸になるとは考えない。

これから幸せな時間を存分に過ごしていく。

そう信じる。

「んー、ローニャお嬢様はいつもいい香りです」

真っ赤な猫さんは、飼い主さんと一緒にご機嫌な様子で帰っていった。

あの人達にまた会えてよかった。そう思えることにも嬉しさを感じて、私はそっと笑みを零《こぼ》した。


――懐かしいお客様が来てから、しばらく経ったある日。

カランカランと白いドアのベルが鳴る。

「突然ですが、ローニャお嬢様にお知らせですにゃ！」

勢いよく店内へ入ってきたのは、燃えるような赤い髪を揺らし、エプロンドレスを身にまとったキャッティさん。今日も首元に黒のリボンチョーカーをつけている。

「トレジャーハントにご招待しますにゃ！」

そう言い放ったキャッティさんを見て、訝《いぶか》しげな表情を浮かべる獣人傭兵団の皆さん。

いつものように、まったりとしているところだったのですが……

「誰？　……てか、猫くさっ」

リュセさんが率直に言う。

「私はハルト・ブルクハルト男爵に仕えております、キャッティと申しますにゃん」

失礼なリュセさんに構わず、スカートの裾をぴらっと摘《つま》み上げて一礼するキャッティさん。

「メイド姿ですが、今日はトレジャーハンターとして、ローニャお嬢様を誘いに来ましたにゃん。冒険しましょう！　ローニャお嬢様！」

私はドアの前に立つキャッティさんの方へ移動し、口を開いた。

「遠慮させていただいてもいいですか？」

「にゃんでですか⁉」

意外そうな反応のキャッティさんには、どうやら自覚がないらしい。

前回同行した冒険は確かに楽しかったのだけれども、キャッティさんの存在が怖い。

「冒険しましょう！　絶対に楽しいですにゃ！」

「いえ、私には店があるので……」

「定休日に行きましょうよ！　今回は雇う形でお願いしたいにゃん！　傷心冒険行きましょうにゃ‼」

キャッティさんが私の手を掴んで駄々をこねるけれど、そんな傷心旅行みたいに言われても、困ってしまう。

「ハッ！　ではこうしましょう⁉　出張喫茶店って形で同行するのですにゃ！」

「ええ？」

何がなんでも連れていきたいようだ。しばらく音沙汰がなかったので諦めたのかと思っていたけれど、ハルト様に命令でもされたのだろうか。

「いいじゃん、冒険。お嬢、行こうぜ」

リュセさんがそう言ったものだから、驚いて振り返った。

「出張喫茶店にはもれなく獣人傭兵団がついてくるよ。君の主人にその報酬《ほうしゅう》が払えるかい？　僕ら、高いよ」

ラテを飲み干したセナさんまでそんなことを言い出して、キャッティさんに問う。

「金貨十枚でどうでしょうにゃ⁉」

「ふむ……悪くはないね」

セナさんが、シゼさんにちらっと視線を送る。

シゼさんは反応を示さなかった。これはオーケーという意味だ。

「その冒険、俺も同行させてもらおう。構わないだろ？」

カランカランとベルを鳴らして入ってきてそう言ったのは、オルヴィアス様だった。

なぜか抜き身のまま持っていた剣をカチ、と鞘《さや》に収めてからマントの下に隠す。

「これは、英雄オルヴィアス様。大変光栄に思いますにゃん」

オルヴィアス様のためにに横にずれたキャッティさんが深々と頭を下げた。

「お、オルヴィアス様、あの、トレジャーハントですよ？　獣人傭兵団の皆さんも、危険な冒険になると思います。本当に行かれるのですか？」

「そなたが行くならば、その危険から守りたい」

危険というのは主にキャッティさんのドジなのだけれど、本人を前にしてそんなことは言えない。

オルヴィアス様は労《いたわ》るような眼差《まなざ》しで微笑んだ。

「それに気晴らしも必要だ。俺からも、行くことを勧める」

「……そうですか？」

気晴らし、か。

いつか獣人傭兵団さん達と冒険に行ってみたいとは思っていたから、これは絶好のチャンスなんだろうか。不安は大きいが、オルヴィアス様もいるなら心強い。

「えっと、皆さんがそうおっしゃるのならば……」

獣人傭兵団さん達を見回す。チセさんは見知らぬ人がいるから黙りこくっているけれど、はっきりと頷《うなず》いた。シゼさんも、琥珀《こはく》色の瞳を私に向ける。

リュセさんはオルヴィアス様を睨《にら》んでいるようだけれど、私と目が合うと「行こうぜ？」と言う。セナさんも頷《うなず》いた。

「では……まったりと冒険に行きましょうか」

私はそう微笑んだ。

冒険に行きましょう。

3　異世界人。

朝陽で目覚めて、心地よさを十分に味わってから、起き上がる。

壁際にあるグリーンのソファーに軽く膝をついて窓を開けると、朝の気持ちのいい風が入ってきた。それを胸いっぱいに吸い込む。今日もいい天気だ。

クローゼットを開いて、今日のドレスを選ぶ。飾りっ気のない質素な青いドレスを着て、真っ白なエプロンを腰に巻いた。

水色がかった白銀の髪をブラシでとかして、夜空のように星がちりばめられたリボンで三つ編みにした髪を結んだ。

「リュー、おはよう。朝よ、起きて」

「んぅー……」

同じベッドに眠っていたのは、真っ青な髪の、少女の姿をしたリュー。その肩を揺さぶって起こす。

まだ眠そうにぼんやりとしたリューが、のっそりと起き上がった。

目を擦りながらバスルームに入ったリューを見送ってから、一階に下りる。

朝のまったり喫茶店は、静かだった。カウンターテーブルと四つのテーブル席。木製のものだから、落ち着いた雰囲気を作り出していて、それがとても気に入っている。

パンパンと手を叩いて魔力を込めれば、ライトグリーンの光が掌《てのひら》から零《こぼ》れ落ちて、床に円を描く。白く光ったその円から「わわわぁ」と雪崩《なだ》れ込むようにして妖精ロト達が現れた。

マシュマロ二つ分ほどの小さな彼らは、蓮華《れんげ》の妖精。頭と同じ大きさのぷっくりした胴体から摘《つま》んで伸ばしたような手足がある。ほんのりライトグリーンの肌色で、円《つぶ》らな瞳はペリドット。

そんな妖精ロトに、しゃがんでお願いをする。

「おはよう。お掃除、お願いします」

ロト達はすぐさま起き上がって整列すると、敬礼をした。

「あーいっ！」

そう元気よく返事をして、掃除を始めてくれる。

私はついてくる残りのロト達と一緒にケーキ作りを始めた。

下りてきたリューも、手伝ってくれる。

「今日もホットケーキがいい」

「わかったわ」

前に一度ホットケーキを作ってから、リューのお気に入りらしい。魔法で泡立てた生地をリューに焼いてもらっている間に、店で出すケーキの仕上げをする。

マンゴーフェスタ中なので、作るのは新作のマンゴータルト。そのうち、店内にはマンゴーの甘い香りが満ちた。

「ねぇ、ローニャ。私も行っちゃだめ？」

リューは昨日から何度か同じことを尋ねてくる。

キャッティさんに誘われた冒険についてきたいようだけれど、リューはお留守番だ。

「リューには危ないと思うの。だからごめんなさい、連れていけないわ」

私は目線を合わせるようにしゃがみ、椅子に座っているリューを少し見上げて諭すように答える。リューはちょっと唇を尖らせた。

「でも、楽しそう……」

「うん、楽しいと思うわ」

私はリューの手を握って笑みを零《こぼ》す。

冒険だ。それも、獣人傭兵団さんと一緒に。

もちろん心配なことはたくさんあるけれど、ワクワクもしているのだ。

リューがむくれてしまったので、頭を撫《な》でる。

「リューとは今度、安全な場所に出かけましょう」

「本当？」

「ええ、約束」

「約束」

そう提案すれば、リューは破顔して私と小指を絡ませた。

開店準備を終えて、リューとロト達と一緒に魔法で瞬間移動する。

移動先は、精霊オリフェドートの森。

私達を包み込む白い光がなくなると、今度はペリドットの輝きが目に飛び込んでくる。

暖かな光が降り注《そそ》ぐ森の中の空気は、一段と澄み渡っていて清らかだ。

足元に広がるのは、まだ色付いていない蕾《つぼみ》ばかりの蓮華《れんげ》畑。ロト達はそこに「わぁー」と潜《もぐ》り込んで、見えなくなってしまう。

「さて、オリフェドートはどこかしら」

リューと手を繋いでから、目を閉じて魔法契約をしている彼の気配を探った。魔法契約をしていれば、こうして互いに気配を辿ることができる。

「こっちね」

気配を見付けて歩き出すと、どこからともなく森マンタのレイモンが現れて、私に抱き付いた。平べったい身体とひらひらしたヒレで宙を泳ぐ、マンタの姿をした生き物。ひんやりしていて気持ちがいい。

「おはよう、レイモン」

レイモンは次に、もごもごっとリューに抱き付いた。すっぽりと収まってしまう。リューが食べられてしまっているようにも見えるけれど、挨拶《あいさつ》しているだけだとわかっていれば可愛い光景だ。

満足したのか、レイモンはひらひらと漂《ただよ》って森の奥に消えていった。

髪を整えるリューと手を繋ぎ直して、また森を歩く。

ミシミシと軋《きし》む音がして顔を上げれば、木の妖精がいた。一見普通の木だけれど、幹に穴があってそれが顔になっている。会釈《えしゃく》をすれば、塞《ふさ》いでいた道を空けてくれた。

開《ひら》けた森の中は、光に満ちている。その光に目が慣れた頃、四つの人影が見えた。

一つは、精霊オリフェドート。立派な鹿の角を思わせる白い冠《かんむり》をつけている。水に濡れた蔦《つた》のような色の長い髪と、埋め込んだようなペリドットの瞳。シルクの羽織《はお》りを着ている。

もう一つは、純白の翼の形をした腕が地面についてしまっている、人の姿の幻獣ラクレイン。引きずる尾も羽根も、ライトグリーンとスカイブルーに艶《つや》めく。黒いズボンとブーツ姿にも見えるけれど、下は漆黒の足だ。

そして見知らぬ男女が二人。一方は人間の耳の辺りに漆黒の翼が生えた、黒い髪に黒い衣服の男性。もう一方は青いケープを肩にかけた白いドレスの美しい女性。真っ白な髪に、雪のような肌。それらとは対照的な、黒い瞳。どうやらこちらは人間のようだ。

「あら……珍しい。お客様でしょうか？」

本当に珍しい。この森に来られるのは、人間では私と魔導師グレイティア様くらいのもの。特に幻獣ラクレインが、人間の侵入を阻《はば》む。

おそらく、黒い翼を頭から生やした男性が連れてきたのだろう。

「お話し中のところすみません」

「ローニャ！　いいところに来た！」

オリフェドートが私を手招いた。リューは人見知りを発動して、私の後ろに隠れてしまう。リューをスカートの陰に隠したまま、私は彼らに歩み寄った。

「紹介する！　こっちはシーヴァ国の森に住んでいた幻獣レイヴだ。百年ぶりに会った」

「こんにちは。私はローニャと申します」

「我が友だ」

オリフェドートは私を良き友だと思ってくれている。精霊にそう思われるのは、光栄なことだ。

私は笑みを深めながらも、首を傾げた。住んでいた、という表現が気にかかる。

「シーヴァ国といえば……滅びの黒地《くろち》の隣に位置する国ですよね。そこからいらしたのでしょうか？」

滅びの黒地とは、魔物も近寄れないほど毒々しい瘴気《しょうき》に満ちた黒く染まった地。元は国だった。大昔に、悪魔から国を救おうとした勇者が見事にトドメをさしたのだが、悪魔は消滅と共に悪い魔力を放出して、その地を汚《けが》したと言われている。

だから、悪魔は倒すのではなく、封印すべきなのだ。

「はいっ！」

レイヴの隣の女性が、朗らかに答える。

「と言っても、私はシーヴァ国の国民ではないのです。聖女の召喚に巻き込まれた異世界人なんですよ！　名前はハナっていいます！」

「！」

彼女の言葉に驚きを隠せない。

「異世界、人……」

「あ、はい。シーヴァ国には聖女を召喚する風習がありまして、それに巻き込まれてしまい、そうしたら真っ白な姿になってしまいまして……」

「あ、あのっ」

「はい⁉」

ずいっと近付いて、白い手を握った。

私には前世の記憶がある。地球という惑星、日本という国で暮らしていた。

シーヴァ国は瘴気《しょうき》の侵略を阻止するために、百年に一度、瘴気《しょうき》を浄化できる聖女と呼ばれる女性を召喚しているというのは学園で習った。聖女はシーヴァ国内だったり、この世界のどこかにいたり、または異世界にいたりするのだそう。もしも会えたら、尋ねてみたいことがあったのだ。

「どこの国の……いえ、どこの星ですか？」

「えっ？」

もし地球からの異世界人ならば、懐かしい話をしてみたい。

期待を込めて黒い瞳を見つめる。

レイヴと呼ばれた幻獣が、笑みを浮かべたまま固まってしまったハナさんを私から引き離した。

「この人間はなぜ入ってこられた？」

敵意を含んだ黄色い瞳で見下ろしてくる。

「ああ、ローニャは我と魔法契約している人間だからな」

「何？　ここ百年で人間嫌いが治ったのか？」

「いや、グレイとローニャだけだ。ローニャはラクレインと契約しているのだぞ」

オリフェドートの言葉に、レイヴは高らかに叫んだ。

「ラクレインが人間と契約しただと？　一体何があった⁉」

ラクレインを助けたことをきっかけに、心を開いてもらったのだけれども。

「あの、すみません。私は用事があるので、失礼します。オリー、リューをお願いします」

話をしたいのは山々だけれど、そろそろお店を開店しなければいけないので、リューをオリフェドートに預《あず》ける。知らない人間がいてすっかり警戒してしまったリューは、それまでずっと私のスカートを掴んでいたけれど、今度はオリフェドートの陰に隠れた。

「そういえば、冒険に出かけるんだったたな」

「はい」

「獣人傭兵団と楽しんでこい」

こちらを見つめるリューの頭を撫《な》でて、オリフェドートに返事をする。

「また会いましょう、ハナさん」

私は去る前に、ハナさんに笑みを送った。

レイヴがオリフェドートの友人ならば、また会えるだろう。

「は、はい！　また会いましょう、ローニャちゃん！」

その儚《はかな》げな容姿とは真逆の元気な笑みで、ハナさんが手を振る。

「近いうちに店を訪ねる」

ラクレインの言葉に頷《うなず》いてから、私はカツンとブーツを踏み鳴らし、移動魔法を発動して店に戻った。

まったり喫茶店、開店だ。

仕事前にコーヒーを買いに来るお客さんと、朝食をとりに来たお客さんで、静かだった店内があっという間に賑《にぎ》わう。

今日のオススメは、新作のマンゴータルト。好評だった。

「んー美味しい！　さすが、店長！」

「うん、本当に美味しい」

「ここはなんでも美味しいですね」

「ありがとうございます」

タルトを提案してくれた金髪の少女サリーさん、その友人であるケイティさんとレインさんも嬉しい反応をしてくれる。

お昼が近付き、少し空《す》いてきたかな、という頃に彼がやってきた。

すっかり常連客の一人となった、エルフのオルヴィアス様。

星のように白銀に艶《つや》めく長い髪に、若緑色のマントを羽織《はお》る彼は、エルフの英雄。エルフの国ガラシアの女王の弟でもある高貴なお方。

素性を隠していても、エルフの珍しさと彼の美しさに、店の中のお客さんは萎縮《いしゅく》してしまう。現に、いつもお喋《しゃべ》りなサリーさん達でさえも口を噤《つぐ》んでしまった。

「おはよう、ローニャ。早く来すぎてしまったか」

「おはようございます。そうですね……何か召し上がりますか？」

「ああ、オススメのものをいただこう」

時計を見上げれば、約束の時間までは、まだ少しある。

今日は、明日から始まるトレジャーハントに向けて、ハルト様達による説明会が行《おこな》われるのだ。

「デザートのオススメは、マンゴータルトです」

「ではそれとラテをもらおう」

「かしこまりました。ただいまお持ちいたします」

マンゴータルトとラテの注文を受けて、キッチンに戻る。

ラテを淹《い》れて、切り分けたマンゴータルトを一切れ、お皿に盛り付けてトレイに載せた。ホールに出て、カウンター席に座ったオルヴィアス様の前にそれを並べる。

「お待たせしました」

「ありがとう」

微笑を浮かべるオルヴィアス様。

ふと視線を上げると、サリーさん達仲良し三人組が何やらこそこそとしていることに気が付いた。

どうしたのかと首を傾げれば、レインさんがオルヴィアス様を一瞥《いちべつ》してから私に向かって口を開く。

「どこかに出かけるのですか？　その……お二人でデートですか？」

またうかがうようにオルヴィアス様をちらりと見ながら、そう尋ねた。

オルヴィアス様が目を丸くする。

私も思わず焦ってしまい、頬が熱くなった。

「デート、ではないですよ。獣人傭兵団さんも一緒に待ち合わせです」

「……」

トレイをギュッと抱えながら、答える。

オルヴィアス様は、取り繕《つくろ》うように目を伏せてラテを啜《すす》った。

獣人傭兵団さんのことを口にすれば、レインさん達はイマイチな表情になる。相変わらずこの街の住人は、獣人傭兵団さんにいい印象を持っていない。

粗暴な印象が強い傭兵である上に、人間を簡単に引き裂く力を持つと世間では有名な獣人族だからだろう。彼らはこの最果ての街ドムスカーザで、最強の傭兵団と謳《うた》われている一方で、忌《い》み嫌われてもいる。

本当はもふもふで優しい人達なのだけれど、なかなかわかってもらえなかった。獣人傭兵団さんの方も歩み寄るつもりがないので、関係改善の兆《きざ》しは今のところない。

その獣人傭兵団さんも、常連客だ。

「店長さん、本当に獣人傭兵団が好きですねぇ！」

サリーさんが気まずい空気を吹き飛ばすように明るく言った。

ちらっと私を見上げて、オルヴィアス様が一口、マンゴータルトを口にする。ふっと零《こぼ》れる優しげな微笑。それに私を含めた店内の女性陣が注目した。

「美味しいな」

独り言のように呟く。

「ありがとうございます」

私は反射的にお礼を言っていた。

お昼になりお客さん達が帰っていくと、次のお客さんが入ってきた。

「ローニャお嬢様！　オルヴィアス様！　昨日ぶりでございますにゃ！」

元気よく白いドアを潜《くぐ》ったのは、赤い猫耳と尻尾のキャッティさん。今日はメイドさんらしく、黒のエプロンドレス姿だ。

その後ろには黒いウルフヘアーのハルト様。こちらはワイシャツにサスペンダーで吊ったズボンと、ラフな格好だ。今日は二人で来たらしい。

「オルヴィアス様。お久しぶりです」

「ブルクハルト男爵」

オルヴィアス様は腰を上げて、ハルト様と挨拶《あいさつ》をした。

「ローニャ様も、お久しぶりです。この度は共に冒険に行くことを承諾していただけて、誠にありがたく思っております」

「お久しぶりです、ハルト様」

ハルト様に挨拶《あいさつ》しようとオルヴィアス様の隣に立つと、すぐさま手が差し出される。

その手を握ると、目を爛々《らんらん》と輝かせたハルト様に力強く握り返された。

ああ、とても楽しみにされている。

「オルヴィアス様にも同行していただけるなんて……、光栄に思います」

その輝く黒い瞳をオルヴィアス様にも向けて、握手。

「そなたの冒険に介入して悪いな」

「とんでもありません！　心強い仲間だと思っております！」

「ふっ……そなたの両親を思い出すな。同じく冒険を愛しておられた」

「！　……そうですか」

笑うオルヴィアス様に、ハルト様も照れくさそうに笑みを零《こぼ》した。

かつて盗まれた王家の財宝をハルト様のご両親が取り戻したことにより、爵位を与えられたブルクハルト家。そこに生まれたハルト様の冒険への熱意は、親譲りなのだろう。

「えっと、話によれば獣人傭兵団の四人も雇う形になったそうですね」

ハルト様がキョロッと店内を見回すけれど、獣人傭兵団さんはまだ来ていない。

「はい。リュセさん、チセさん、セナさん、そしてシゼさんです。この街最強の獣人傭兵団なんですよ」

「なるほど……それで、オルヴィアス様とその獣人傭兵団は、危険は承知の上なんですよね？」

ハルト様の目が一度、後ろに控えているキャッティさんに向けられた。

なぜか死に直結しかねないトラップを発動させてしまうというドジを連発するキャッティさんのことを指しているのだろう。

当のキャッティさんは自覚がないのか、ハルト様の視線に首を傾げるだけ。

「はい。話しましたが、それでも行くそうです」

昨日キャッティさんが帰ったあとに説明したのだけれど、オルヴィアス様も獣人傭兵団さんも行くと譲らなかったのだ。もしも後悔するようだったら、私の魔法で帰せばいいでしょう。

私は苦笑しつつ肩を竦《すく》めた。

そこでカランカランと、少し乱暴なベルの音が鳴り響いた。

硝煙《しょうえん》と鉄の臭《にお》いを漂《ただよ》わせたもふもふ傭兵団のご登場だ。

「お嬢ー、おかえりって言ってぇ？」

「いらっしゃいませ、リュセさん」

抱き付こうとしたリュセさんを躱《かわ》して、にっこりと挨拶《あいさつ》。

純白の毛を持つチーターの姿なのに、今日はところどころ汚れている。

ああ、せっかくの毛並みが台無しだ。濡れタオルを用意しようかしら。

「だぁー疲れたぁ」

次に入ってきたのは、言葉の通り疲れた声のチセさん。

青い毛並みがボッサボサになっている狼の姿。こちらもボロボロだ。激しい戦いになったみたい。そんなチセさんは、初めて見るハルト様を見付けて、ちょっと不機嫌そうに顔をしかめた。彼は人見知りをするのだ。

「ローニャ店長。悪いんだけれど、タオル貸してくれない？」

そう言いながら入ってきたのは、セナさん。

緑色のジャッカルの姿。ちょっと長めの前髪を払い除《の》けて、タオルを求めた。

最後に入ってきたのは、シゼさん。

純黒《じゅんこく》の獅子の姿の彼はなんともないようで、平然と奥のテーブル席に腰を沈めた。

「タオルは三つでよろしいでしょうか？」

「ああ、三つでいいよ」

「サンキュー、お嬢」

カウンターテーブルの下からフェイスタオルを取り出す。

魔法によって空中に湧いた水がタオルを包み込んだ。ほどよく濡らしたそれを手渡す。

リュセさんもチセさんも、「おー」と声を漏らして濡れタオルを受け取った。

「獣人傭兵団の皆さん。オレはハルト・ブルクハルトだ」

三人がゴシゴシと拭いている姿を眺めていれば、ハルト様が自己紹介をする。

「あー、例の冒険する男爵ってお前？　へーぇ。ドムスカーザの男爵より若いじゃん」

リュセさんはにやりと笑って、品定めするようにハルト様の頭から爪先までを見た。

男爵相手にお前呼び。妖精の国アラジン王国の王様に対してもそうだったから、ブレない人である。

獣人傭兵団さんは、ドムスカーザの領主に雇われて、この最果ての地の治安を守っている。隣の国は治安が悪く、そこから犯罪者が街に流れてこないように阻《はば》んでいるのだけれど、今日はたくさん働いたようだ。

「確かドムスカーザの男爵に雇われているのだったか。説明を終えたら、挨拶《あいさつ》に行こう」

幸い、ハルト様は呼称について気にしていないようだ。

でもキャッティさんが黙っていなかった。

「リュセ様、だめですにゃん！　これでもハルト様は男爵様ですにゃん!!　お前呼ばわりはいけません!!」

「また今日も猫くせーな、お前……」

「これでもってなんだ、おい。……そういえば、ここへ向かう間、やけに猫とじゃれてたな」

怒るキャッティさんと呆れ顔のリュセさんを眺めさせてもらう。

猫の耳に、猫の尻尾。赤と白。触らせていただきたい。

ピクンピクンと震える耳は三角。付け根のところを撫《な》でれば、ゴロゴロ喉を鳴らすのだろうか。

ゆったりと左右に揺れる尻尾は太くて長い。二つまとめて掴んではいけないでしょうか。

願望をたっぷりと含んだ私の視線に、タオルを頬に当てたリュセさんが気付いてしまった。にんまりと笑みを深めている。

「ランチですよね。ご注文はお決まりですか？」

誤魔化すように笑いかけた。もう十二時を過ぎている。

獣人傭兵団さんはすぐに「いつもの」と答えた。

「ステーキが三つ、サンドイッチが一つ、コーヒーが一つ、ラテが二つと、マンゴージュースがお一つでいいでしょうか？」

「お、店長わかってるー」

チセさんだけは、いつも新鮮な果物のジュースを求める。

獣人傭兵団さんの注文を受けたので、次はハルト様とキャッティさんへ向き直った。

「オレもサンドイッチとコーヒーをください。キャッティはどうする？」

「では同じものを食べますにゃ」

注文しながら、二人は誰も座っていない右側のテーブル席に、向かい合って座る。

「俺はラテのおかわり」

「はい。サンドイッチ二つ、コーヒー二つ、ラテのおかわりが一つですね。少々お待ちください」

オルヴィアス様の追加注文もちょうだいした。

まずは味付けを済ませておいたステーキを焼くために、魔法の炎で包む。それからマンゴージュースをグラスに注《そそ》ぎ、コーヒーを三つ、ラテを三つ淹《い》れた。

コーヒーの香りが満ちて、いい香り。これを嗅《か》ぐと心が安らぐのはどうしてだろうか。先に飲み物を運んだ。

「あつ!?　猫舌でしたにゃ！」

「大丈夫かよ？　……大丈夫そうだぞ。お前って本当ドジだよな。今回の冒険ではぐれぐれもドジするなよ」

キャッティさんは見た目通り、猫舌らしい。それを忘れてうっかり冷ます前に飲んでしまったみたい。キャッティさんを心配して、身を乗り出し覗き込むハルト様。べーと舌を出すキャッティさんに、きつく釘をさした。真っ赤な猫耳がシュンと折れる。

その二人の様子に密かに笑ってしまった。

キッチンに戻って、三人分のサンドイッチを作って切り分ける。

そろそろステーキも火が通った頃だろうと、炎の魔法を解いた。

それぞれをお皿に盛り付けて、ステーキから運ぶ。

「お待たせしました」

こんがり焼けたステーキの香りを吸い込んだチセさんは、「いただきます！」と早速食べ始めた。どうぞ召し上がれ。

続いて、セナさんとハルト様、キャッティさんにサンドイッチを届けて、私もサンドイッチを食べることにする。

しばらくして全員がランチを食べ終えれば。

「それでは、今回のトレジャーハントの説明をします！」

ハルト様がカウンターテーブルに地図を広げた。

第2章 ❖ トレジャーハント。

1　冒険の始まり。

　ドアベルの音と共に、白いドアが開く。そしてバサバサという鳥の羽ばたきと同時に風が巻き起こり、店内に無数の羽根が舞う。

「!?」

「にゃに!?」

　幻獣ラクレインの登場だ。初めてのことで、ハルト様とキャッティさんが驚いている。

「大丈夫ですよ。オリフェドートの森の幻獣ラクレインです」

「邪魔をするぞ」

　風がやむと、羽根もなくなる。目を向けると、右側のテーブル席に、ラクレインが当たり前のように座っていた。

「どこに冒険をしに行くのか、聞いておきたい。もしも戻ってこなかった時は、我が迎えに行ってやれる」

私を心配してくれているのだ。

「構いませんか？　ハルト様」

「あ、ええ、構いませんよ。オリフェドートの森の幻獣ならば……」

ハルト様はちょっと視線を泳がせた。何か気にかかることがあるのだろうか。単に、幻獣がそばにいることに戸惑っていらっしゃるのか。

キャッティさんは尻尾をピーンと立たせて毛を逆立てて、固まっていた。

そんな彼女に、ラクレインが小首を傾げる。

「おい、ラクレイン！　このマンゴージュース美味《うま》いぞ！　お前も飲んでみろよ」

人見知りを発動して大人しかったチセさんだけど、青い尻尾をフリフリと振ってラクレインに笑いかけた。

「ではもらおう」

「今持ってきますね」

ラクレインが頷《うなず》いたので、キッチンに入る。ラクレインにマンゴージュースを手渡す。翼で器用にそれを受け取ったラクレインは一口飲んで「美味《うま》い」と言ってくれた。

元いたカウンターの中に戻る。隣には、カウンターテーブルに頬杖をついたリュセさんがいる。その隣にチセさん。そのまた隣がセナさんだ。

シゼさんはテーブル席で、ゆっくりとコーヒーを飲んでいる。

カウンター席には三人、キャッティさん、ハルト様、オルヴィアス様の順番で座っていた。一同がカウンターテーブルに広げられた地図を覗き込む。

「場所は、シーヴァ国の外れにある水の都アークアです」

ハルト様は、私達のいるドムスカーザからかなり離れた地、シーヴァ国を指差した。

今朝も聞いた名前。そして頭に浮かぶ儚《はかな》げな女性、ハナさん。

「昔の盗賊の根城を、見付け出しました。金銀財宝を狙う盗賊でしたので、収穫は期待できるでしょう。問題はトラップですね。盗賊の根城には、トラップが付きものです。危険な類《たぐい》のトラップがあるはずですので、皆さん覚悟してください」

シーヴァ国の土地の端を指差して、ハルト様が告げる。

そして、ちらりと横目でキャッティさんを見ることも忘れない。

「ふーん。盗賊の根城かぁ」

私の左隣に立つリュセさんが、尻尾をゆったりと揺らしながら地図を眺めた。

その純白の尻尾が、私の腕に絡んできたものだから、ドキッとしてしまう。

「お嬢とオレ達がいれば、トラップなんてへっちゃらだよなー?」

「……どうでしょう。トラップにもよります」

にこーっと笑いかけるリュセさんの尻尾をさりげなく退《ど》かして、同じようににこっと笑い返す。

もふもふで絡んでくるのは困ります。

リュセさんは、どんなトラップでも力技で壊していけばいいと考えているみたいだ。

魔法の場合は、私がなんとかすればいい。

「本当に盗賊のお宝があるのかい？」

セナさんが問うた。

「経験上、盗賊は財産を隠す傾向にあるから、見付けられる可能性は高い」

「それなら、収穫があった場合、分け前をもらうよ」

「うっ」

そうきたか、とハルト様は苦い顔をする。

「その交渉は収穫があった場合にまた……」

セナさんと交渉か。大変そうだと、私はこっそりと笑う。

「店長」

「あ、はい」

シゼさんの低い声に呼ばれた。コーヒーカップを差し出してくるので、おかわりのようだ。

「ローニャの分け前はないのか？」

珍しくシゼさんが口を挟んだ。

「ああ、私は今回の報酬《ほうしゅう》だけで満足ですよ」

カップを受け取りながら、ハルト様に向かって微笑む。

私の報酬《ほうしゅう》は、金貨十枚。店が休みの日にそれだけ稼げるなら十分だ。

「おかわりですか？　シゼさん」

「ああ」

「ただいま淹《い》れてまいりますね」

キッチンに戻る前にふと思い出す。

私は報酬《ほうしゅう》をいただくことになっていて、獣人傭兵団の皆さんも金貨十枚の報酬《ほうしゅう》に加えて取り分があるようだけれど、冒険にはあともう一人参加するのだ。

「オルヴィアス様こそ、報酬《ほうしゅう》を受け取らないのですか？」

これまでラテを片手に見守っていたオルヴィアス様に目を向ける。

「俺はそなたを守るために参加するのだから、報酬《ほうしゅう》はいらない」

「……あ、ありがとうございます。オルヴィアス様」

オルヴィアス様は、あくまで私を守るためについてくるらしい。

ハルト様が目を丸くして私達を交互に見てきた。キャッティさんは目を輝かせて笑みを浮かべている。

私は顔が赤くなる前に、キッチンへ引っ込んだ。

シゼさんにコーヒーを運ぶためにリュセさんの後ろを通ると、腰に純白の尻尾が巻き付いたものだから、悲鳴を上げそうになった。リュセさんは素知らぬ顔をしている。

コーヒーを零《こぼ》したら、大変。

なんとか堪《こら》えて、シゼさんにコーヒーを届けた。

「続けます。水の都アークアには大きな湖があります。その湖の中央の島に岩山があって、そこに中への入り口がありました。湖のそばへ転移をして、オレ達が用意したボートで島を目指し、中に入ります。内部の情報は一切ありません」

「開けてみてのお楽しみですにゃ！」

何があるのか、わからない状態。

「それでも危険を承知で行きますか？　最後の確認です」

「危険だから行かない、なんて選択肢ないし」

ハルト様の問いかけに、リュセさんが笑って返す。

「俺も変わらない」

続いてオルヴィアス様も頷《うなず》いた。

「では参加者は、オレの仲間があと二人いるので、合計十人です」

「ランチには私のサンドイッチを持っていきます」

「肉多めな、店長！」

「はい、チセさん」

ブンブンと青い尻尾を振るチセさんに、微笑んで頷《うなず》く。

「朝にこのまったり喫茶店に集合して、移動魔法でアークアへ探索に行き、夜には帰るでしょう。質問がある方は？」

ハルト様がぐるりと視線を巡らせた。オルヴィアス様を見て、最後にシゼさんを見る。

「「ない」」

オルヴィアス様と、シゼさんの代わりにセナさんが、同時に答えた。

「ローニャ」

ラクレインの呼びかけに、応えるように目を合わせる。

「もしもの時は我を呼べ」

「はい」

私は笑みを浮かべて頷《うなず》いた。

羽ばたきの音と共に、風を舞い上げてラクレインが去り、それを見送ったハルト様が口を開く。

「それではまた明日の朝に」

「おう、またな。若い男爵」

「それでは失礼しますにゃん。皆様」

「ご馳走様でした、ローニャ様」

「ではまた明日。ハルト様、キャッティさん」

地図をしまったハルト様とキャッティさんが店を出て、今日のところは解散となった。


翌日は、休店。けれどいつもと同じ時間に起床する。

朝の支度を終えた私は、今日はドレスを着ていない。乗馬服のような格好である。青い装飾の白い燕尾《えんび》服に、黒のズボンと黒のロングブーツ。髪はハーフアップを編み込んでから、全体をきつく三つ編みにした。

その姿でパンを買いに行ったら、驚かれてしまう。

「まぁ、ローニャちゃん！　どこかに行くのかい？」

「はい。ちょっと出かけてきます」

「そんな格好していると女性の騎士みたいだね！」

パン屋さんの奥さんは、朗らかな笑みでそう言ってくれた。

本当に騎士のように剣を携《たずさ》えるつもりだと知ったら、さらに驚かれてしまうだろうか。

せっかくハルト様達が探し当てた今回の行き先は明かせないので、ドレスでは汚れてしまう場所とだけ話して、パンを受け取った。

帰ると妖精ロトが来ていて、カウンターテーブルに勢揃いしている。私を見て「あーい」と敬礼の挨拶《あいさつ》をした。

「おはようございます。お休みでよかったのに」

「あいっ！」

「ではお願いしますね、お掃除」

店を休むことは昨夜伝えたのだけれど、日課になったお掃除をやりたいらしい。

クスクスと笑って、私は敬礼を返した。カウンターテーブルから床へ飛び下りて、店の中の掃除を始めてくれる。

私は、キッチンでサンドイッチ作り。新鮮な瑞々《みずみず》しいレタスとトマト、アボカドを洗う。トマトとアボカドを切ったら、用意しておいたタマゴとマヨネーズのソースと組み合わせてサンドイッチを作る。たっぷり詰めたパストラミハムのサンド。それらを切り揃えたら、大きなバスケットにぎゅうぎゅうに入れた。

タマゴマヨサンドを一つ食べて、昨日残ったマンゴータルトを堪能《たんのう》。そのあとの片付けはロト達が手伝ってくれた。

「うーうーうー」

「何？　歌ってほしいの？」

キッチンに並んだロト達は、歌をご所望の様子。

「そよ風はーラララー。ゆりかごー揺らす」

歌いながらお皿を洗い、泡を水で流せば、タオルでキュキュッと拭いてくれる。

「あなたをーラララー。包んでー守る。金色の花ー、小鳥が運ぶの」

この国の子守唄に、ロト達もリズムに合わせて体を揺らす。

「精霊の加護ー、ほら微笑んで……!?」

洗い物を済ませてくるりと回った時、カウンターの向こうにオルヴィアス様がいることに気付いた。

「……すまない。普通に入ってきたんだが」

笑いを堪《こら》えている様子のオルヴィアス様が、とってつけたように謝る。

気持ち良く歌ってターンしたところを見られてしまった！

恥ずかしくて顔を両手で覆《おお》う。

すると、オルヴィアス様は耐え切れなくなったように噴き出して笑った。

「笑ってすまない。思い出したんだ……前にもこんなことがあったな、と」

「っ……そう、ですね」

蓮華《れんげ》畑の丘で、私はオルヴィアス様が横になって寝ていることも知らずに、今のように気持ち良く、歌ってしまったことがある。オルヴィアス様はあの時も笑っていたと思う。そしてあの時と同じく、私は赤面している。

でもあの時とは違うことが一つある。

オルヴィアス様が私を想っていると、知っていることだ。

オルヴィアス様は、私に求婚した。

蓮華《れんげ》畑で会った日から、惹かれていたのだと。

心に秘めていた想いを、打ち明けてくれたのだ。

――そなたへの想いを認めた時に、永遠に片想いをする覚悟はできている。

星が瞬《またた》いているような藍色の瞳で、私を熱く見つめてそう告げた。

それを思い出して、余計に頬が熱くなってしまう。

私は、彼に苦手意識を抱いていた。ロバルトお兄様に似て、率直な物言いをする彼が苦手だった。特にシュナイダーに対する物言いは、ロバルトお兄様を連想してしまい、求婚された時には即座に断った。

でもそこを直すからもう一度考えてほしいと、こうしてオルヴィアス様は通い詰めてくれている。

「あ、あの、オルヴィアス様。お仕事の方は大丈夫でしょうか？」

私はドキドキと高鳴ってしまう胸の音が聞こえてしまわないように、質問をしてみた。

彼の仕事は、宮殿や女王陛下の身辺の警護。

「ああ、今日明日と休みをもらった。俺が二日いなくても大丈夫だ。ローニャの方こそ、今日は店を休んでもよかったのか？」

「はい。皆さんにはちゃんとお知らせしておきましたし、余裕を持って二日は予定しておかないと、何が起きるかわかりませんから……」

キャッティさんによるトラブルを抜きにしても、備えておくに越したことはない。

「そなたにこれを貸そう」

「まぁ……エルフの剣ですか？」

剣なら魔法で作ったものを持っていこうと考えていたのだけれど、オルヴィアス様はカウンターテーブルに美しいシルバーの輝きを放つ剣を置いた。エルフが鍛《きた》えた剣は、羽根のように軽い。それでいて斬れ味は抜群《ばつぐん》だ。

「ではお借りしますね」

見惚《みと》れてしまうほどなめらかな輝きに指を走らせてから、受け取ることにした。

エルフの剣を収めて、腰に差す。

カウンターテーブルの上に置いたバスケットには、念のため保護の魔法をかけた。

「そんな大きなものを持って冒険に行くのか？　ピクニックではないのだぞ」

優しく微笑むオルヴィアス様が、手を差し出す。

持ってくれようとしているらしい。私が持つと言っても、オルヴィアス様は引き下がらないだろう。だから素直に渡した。

「いらっしゃいませ」

カランカラン。今回はベルの音を聞き逃さなかった。反射的に、出迎える言葉が口をつく。

「あ、おはようございます……獣人傭兵団の皆さん」

「お嬢、休みなのにいらっしゃいませって言ったぁ。かっわいぃー！」

「おはよう、ローニャ」

「はよー」

「……おはよう」

人の姿をした獣人傭兵団さんが、白いドアを潜《くぐ》る。

先頭は、リュセさん。モデルのようにスラッとした体型と、キラキラした純白の髪とライトブルーの瞳の持ち主。にっこりと笑う。

続いて入ってきたのは、セナさん。緑色の髪と瞳を持つ小柄な男性。

眠そうに大欠伸《おおあくび》をしたのは、チセさん。青い髪を立たせた大柄な男性だ。

最後に入ったのは、シゼさん。漆黒の髪をオールバックにして、琥珀《こはく》色の瞳は鋭く、威圧的な存在感の持ち主。

今日も、皆揃って傭兵団の黒のジャケットを着ていた。

彼らの視線は、美味しそうな匂いを発するバスケットに集中している。

「朝食は食べてきましたか？」

「うん、食べてきたー……って、ローニャお嬢！　かっこいいじゃん！」

カウンターを出れば、リュセさんが目を輝かせた。

チセさんは、一度はバスケットに戻した視線を再び私に向けて、まじまじと見てくる。

「ありがとうございます。ドレスだと冒険しにくいと思いまして」

「お、おい、ローニャ！」

チセさんも目を輝かせて私に向かってこようとしたけれど、セナさんに襟《えり》を掴んで止められた。

「ローニャ、悪いんだけれど、コーヒーとラテもらえる？」

「いいですよ。コーヒー一つ、ラテ一つでいいでしょうか？」

シゼさんの分とあわせて注文するセナさんに続いて、リュセさんが手を挙げる。

「あ、オレもラテ一つちょうだい。ミルク少なめ」

「はい。あ、チセさんとオルヴィアス様はどうしますか？」

「俺はいい」

「オレ、ジュース」

「今持ってきますね」

頼まれた分を用意してトレイで運ぶと、ハルト様一行が到着。

「おはようございます。皆さん」

ハルト様は、クリスマスのプレゼントを早く開けたくてしょうがない子どものような、無邪気な笑みを輝かせていらっしゃった。

「おはようございますにゃ、皆様！」

その右横に立つのは、今日も元気いっぱいのキャッティさん。昨日のメイド姿とは違って、ここで再会した時に見た冒険者スタイルだ。

「おはようございます。ミッシュと申します」

黒髪を後ろでしっかり三つ編みにして束ねた女性、ミッシュさんも身体にフィットした服を着ている。こちらは白のズボンと黒のブーツを合わせていた。

「おはようございまっス！　リチャードと呼んでくれ」

オレンジ色の髪を立たせた男性はリチャードさん。タンクトップの上にノースリーブジャケットを重ねて、筋肉質な太い二の腕を惜しみなく晒《さら》している。こちらもズボンとブーツだ。

獣人傭兵団さんとオルヴィアス様も、改めて軽く自己紹介をした。

その間に、キッチンにいたロト達は大慌てで光の円の中に飛び込み帰っていく。知らない人達が来たからだろう。

微笑ましく思いながら、その様子を見守った。

2　水の都の罠。

ハルト様の魔法道具で移動した水の都アークアの湖は、とても美しかった。

青い湖面には、周囲の景色が映り込んでいて、まるで鏡のよう。

話の通り、湖の中心部には木々の茂った島がある。

用意してもらったボートで、陸地を目指す。湖を覗いてみれば、魚が泳いでいるのが見えた。

島に到着し、サクッと地面に足をつける。

「なーんか、いかにもって感じだな」

リュセさんは少し先の山を見上げて、ポツリと漏らした。

純白の髪とお揃いの尻尾が揺れる。

「水の匂いに満ちた場所だね……まぁ、当然だけど」

セナさんが、スンと鼻を鳴らした。

その隣に並んで、私も大きく深呼吸してみる。オリフェドートの森とはまた少し違う、清々《すがすが》しい空気が胸いっぱいに満ちた。

「ここだ」

私達より一足先に岩山を探っていたハルト様が、目の前の岩を指し示す。

「キャッティ、リチャード、ミッシュ。退《ど》かすぞ」

大きな岩を動かそうと、ハルト様が三人に呼びかけたけれど、その声に反応したリュセさんが先に動いた。

「待った。力仕事ならオレ達に任せなよ」

「ああ、それはありがたい。じゃあ頼む」

ハルト様が、岩の前から少し横にずれる。

リュセさんとチセさんの二人で、大きな岩を押し退《の》けた。

現れたのは、地下へと続く階段だ。ここが入り口か。

「では、入りましょう」

ハルト様が魔法の灯《あか》りを作り出した。球体の灯《あか》りの淡い光が暗い階段を照らす。

私も、魔力を込めて出した灯《あか》りをそっと掌《てのひら》に浮かべた。黄色を帯びた白い灯《あか》り。

ハルト様が先頭を行く。あとに続くのは、ミッシュさんとリチャードさん。

三人が石段を下る足音が複雑に反響して、私の耳に届く。

「ローニャお嬢様」

「あ、どうも、キャッティさん」

キャッティさんが手を差し出してくれたので、その手を掴んだ。

「今日は冒険を楽しみましょう！」

「……ええ」

「傷心冒険にゃ！」

苦笑を漏らす。

傷心冒険とは私を連れ出す口実だとばかり思っていたけれど、本気だったのか。

懐かしい想いと、思い出が過《よぎ》る。

元婚約者のシュナイダー・ゼオランド、私が初めて恋をした人。

前世で読んだ小説の通りに、悪役令嬢の私との婚約は破棄されたけれど。一時は、一生を共にしたいと思うほど、強く想ってくれた。

「傷心なんてしてねーよな？　お嬢」

すぐ後ろに立つリュセさんが、私の肩に顎《あご》を置く。スルリと長い尻尾が、腰に巻き付いた。

「近いです、リュセさん」

「……それに、ローニャが歩きづらいだろう」

「あ？　お前こそ、もうちょい離れろだし」

リュセさんの隣にいるのは、オルヴィアス様だ。

睨《にら》み付けるリュセさんが、グルルと唸《うな》る。

「こら」

セナさんに後ろから首根っこを掴まれ、リュセさんは離れていった。

その後ろにはチセさんとシゼさん。その順番のまま地下への階段に踏み出した。

キャッティさんは爛々《らんらん》と輝かせた目を、私と後ろの二人にせわしなく向けている。

「行き止まりだ」

ハルト様の声に階段の先を見れば、全員が立てるほどのスペースがあった。

そこまで下りると、ハルト様の前には、先を阻《はば》むように壁が立ちはだかっている。

「……これは……遺体、でしょうか？」

「そうだね」

私の呟きに頷《うなず》いたのは、セナさん。

私達のいるスペースには左右に二体ずつ、白骨化した遺体があった。壁に凭《もた》れていたり、横たわっていたり、特に規則性はないように見える。

「ここに遺体があるってことは、何かトラップがあるってことだ。壁に鍵穴がある。これを開ければ、先へ進めるはずだ」

ハルト様が警戒を呼びかけて、突破の手掛かりになるものを探り始めた。

鍵穴があるということは、これは壁ではなく、扉なのだろう。

私はセナさんと一緒に、遺体を観察しに行く。

「ローニャはこういうの、大丈夫なの？」

「この状態なら……」

生々しい遺体は、さすがに見ていられないだろうけれど。

「それにしても……地面が湿っていますね……」

「そうだね、この空間が湿気に満ちてるし……水溜まりまである」

足元の地面に触れてみると、濡れていた。壁際には、わずかだが水溜まりもできている。壁に凭《もた》れている白骨遺体も、濡れているようだった。

岩で塞《ふさ》がれていたし、地表は乾いていた。地下とはいえ、どうやって水がここに入り込んだのだろうか。

セナさんも疑問に思ったようで、顎《あご》に手をやって遺体を覗き込んだ。

「なぁー、その扉、ぶっ壊していい？　その方が早くね？」

リュセさんが急かす。

「いや、そうすると仕掛けを発動させせかねない。どんな罠があるかわからない以上、力ずくで突破するのは危険だ」

ハルト様の答えを聞きつつ、私は壁に凭《もた》れた白骨の遺体から煌《きら》めくものを見付けた。ボロボロになった服の首元に、銀色の鍵。

それに加えて、その遺体の異様さが気になった。この遺体だけ、貫《つらぬ》かれたような大きな穴が空いていて、肋骨も内側に折れている。

「セナさん、これ……」

どう見ますか、と尋ねようとした。

「にゃにゃん！　ハルト様！　にゃにかお手伝いしましょうか⁉」

「お前は、いつものようなドジをするな」

リュセさんと同じく早く先に進みたいらしいキャッティさんが申し出るけれど、ハルト様は厳しい口調で釘をさした。

「はい！」

敬礼したキャッティさんが、その手を壁につく。

ガコン。

そんな音を立てて、壁の一部が、キャッティさんの手によって押し込まれた。

笑みを引きつらせたキャッティさんが「は、はにゃ!?」と声を上げ、不穏な音に振り向いた一同が、それを固唾《かたず》を呑んで見守る。

ガチャン、ガタガタ。

壁の奥から、新たな音が響いた。

ガタン！

「「！」」

シゼさんとチセさんの後ろ、下りてきた階段への道が、壁に塞《ふさ》がれてしまった。

「なんだよこれ!!」

「……鍵穴がある」

その壁を検分したシゼさんが言う。

またガコンと音がして左右の壁の上部が開いたかと思えば、そこからドバドバと水が降ってきた。

密室に水のトラップだ。

「キャッティ～っ!!」

「にゃにゃ!!」

キャッティさんは、今回も見事にトラップを発動させてしまった。

ハルト様が扉の調査を急ぐけれど、水は即座に鍵穴を呑み込んで、私達の腰の高さにまで到達しようとしている。

「おい、ぶっ壊した方がいいだろ⁉」

「だめです！　最悪生き埋めになる可能性があります！」

焦るリュセさんを、ミッシュさんが止めた。

「んなこと言っても、溺死《できし》しそうじゃん⁉」

「にゃにゃにゃ‼　そうですにゃん‼」

あっという間に私達の首まで水が溜まっていく。

私は息を吸い込んでから、その水の中に潜《もぐ》った。

濁った水の中、遺体の首にかけられた鍵を取る。

「ぷはっ！」

「お嬢⁉」

「ハルト様！　この鍵を使ってみてください！」

鍵が合うかどうかはわからない。もしも違ったら、私が移動魔法を使って一度外に出ればいい。

私が手を伸ばすと、リチャードさんが受け取ってくれて、ハルト様に渡してくれる。

鍵を手にしたハルト様が水に潜《もぐ》った。

もう天井に頭がついてしまいそうなほど、水が溜まってきている。

だめだった場合には即座に移動魔法を行使しようと濁った水に目を凝《こ》らしていると、ハルト様が戻る前に、またガタンと音が鳴った。

進路を塞《ふさ》いでいた扉が開く。

空間いっぱいに溜まってしまった水ごと、私達はそちらへ流された。

倒れ込んでしまう前に、素早く体勢を立て直したオルヴィアス様が私のお腹に片腕を回して受け止めてくれる。

なぜかその手には剣が握られていた。いざという時には壁を切るおつもりだったのだろうか。もう一方の手にはサンドイッチ入りのバスケットがあって、なんとか守り抜いてくれたみたい。

「無事か？　ローニャ」

「は、はい。ありがとうございます、オルヴィアス様」

なんとか私とオルヴィアス様は立っていられたけれど、私達の前方にはびしょ濡れのハルト様一行が倒れ込んでいた。

「キャッティ、お前っ!!　またやりやがったな!?」

「にゃふん!!」

すぐさま起き上がったハルト様が、キャッティさんに拳骨《げんこつ》を落とす。

後ろを振り返れば、リュセさんとセナさんが起き上がるところだった。

その後ろでは、青い狼のチセさんと純黒《じゅんこく》の獅子のシゼさんが大きな身体をブルブルと震わせている。水滴が飛んだ。

「あ、皆さん。じっとしていてください。今、炎の魔法を使って乾かします」

炎の魔法は、脳裏に魔法陣を思い浮かべれば発動する。

現れた真っ赤な炎の渦を操って皆さんを囲み、ちょっと熱いと感じるくらいまで輪を狭《せば》めてから、パンッと手を叩いて消した。だいたい乾いただろう。

「ありがとうございます！　ローニャお嬢様！」

ハルト様に続いて、キャッティさん達にも頭を下げられる。

「相変わらず器用な使い方をする」

「オルヴィアス様……大丈夫でしょうか？　おそらく、この先もこういった調子になると思いますが」

「俺のことは心配ない」

オルヴィアス様はそう微笑むと、おもむろに私の頭へ手を伸ばしてきた。

髪が崩れているのだろうか。

「お嬢っ！」

「わっ」

がばっと抱き付かれたかと思えば、もふもふを感じる。

毛がもごもごしているリュセさんだ。

「オレの毛を整えてー」

「りゅ、リュセさんっ……」

もごもごした毛が、頬に触れる。

わわわっ。

洗い立ての猫さんに頬ずりされているみたい。

「こーら」

またセナさんがリュセさんの首根っこを掴み、引き剥がしてくれた。もふもふを撫《な》で回すせっかくのチャンスを逃してしまった気もするけれど。

リュセさんを自分の隣へ引き戻したセナさんは、自分の髪を片手で掻き上げている。

そのまた後ろにいるチセさんとシゼさんも、毛が広がってもごもごしていた。

チセさんはいつもとあまり変わらないけれど、鬣《たてがみ》がもっこりしてしまっているシゼさんを見ると、触りたくなる。

整えさせてくれないだろうか。

「……」

シゼさんが琥珀《こはく》の瞳を、私に向けた。

じりっと踏み出す。

黙ったまま私の様子を見ていたシゼさんは、触りやすい高さまでゆっくりと屈んでくれた。

思わずぱぁあっと笑みを零《こぼ》してしまう。両手を伸ばしてシゼさんの鬣《たてがみ》を撫《な》で付けた。もごもごしていたけれど、撫《な》で付けると艶《つや》を取り戻すようだった。引っかかりそうな毛並みも、スルリと指をすり抜けていく。純黒《じゅんこく》の毛。

ああ、ブラシで整えたい。

皆さん、まとめてもふもふしながら、ブラシで整えさせてほしい。

いや、そんな状況ではないのだけれど。

思い出して、手を離す。ハルト様一行に注目されてしまっていた。

「あっ。あの、獣人族には友好の印にじゃれつく習性がありまして、ね？　皆さん。こうして触れ合うことが好きと言いますか……」

「説明しなくてもいいんじゃね？」

リュセさんがまた私の肩に顎《あご》を置く。

「にゃにゃん！　ローニャお嬢様と獣人傭兵団様は、それほど仲が良いということですにゃん！」

「にゃんじゃねぇよ！　迷惑をかけたことを謝れ！」

ハルト様の拳骨《げんこつ》が、またキャッティさんの頭に落とされた。

「にゃーん……申し訳ございません……皆様」

しゅんと耳と尻尾を垂らして、キャッティさんが頭を下げる。

「まじでトラップを発動させるドジとか、ありえねぇー」

「にゃん、すみませんにゃん」

リュセさんが容赦なく言うと、またキャッティさんが頭を下げた。

「てかさ、お前はにゃんにゃん言ってるけどよー……」

「にゃにゃん！　それよりも、ローニャお嬢様はナイス機転でしたね！」

「……」

話を遮《さえぎ》ったキャッティさんに、リュセさんがじとっと睨《にら》むような眼差《まなざ》しを送る。けれど、セナさんがその肩を押して無言の制止をかけると、リュセさんは黙った。

「可能性は低かったのですが、よかったです」

「なんで可能性が低いと思ったんだよ？　お嬢」

私は、水を吐き出し終えると再び閉じてしまった壁を振り返る。

「あのご遺体が盗賊の方々なら、扉の鍵を持っていても不思議ではないとは思ったのですが、まさかあのスペースで鍵を持っているのに溺死《できし》されたとは考えにくいかと……でも何かが起きて、鍵を持ったまま亡くなったようですね」

私の説明に、セナさんが頷《うなず》いた。

「そうだね。あの遺体は、何か致命傷を受けていたようだった。大方、誰かと争って、あの場で息絶えたのだろうね。他の三体は鍵に気付けなかったトレジャーハンターじゃないの？」

「まぁそんなところだろう。おかげで助かりました、ローニャお嬢様」

「いえ」

頭を上げたハルト様が、キャッティさんに向き直る。

「じゃあ、キャッティはくれぐれもトラップを発動させないように!!」

ギッと睨《にら》んできつく釘をさすと、私達にはにっこりと笑いかけた。

「さぁ、先に進みましょう！」

ここからが冒険の始まりだ。

3　闇の怪物。

入り口のトラップ以外には何も仕掛けられていないようで、拍子抜けしてしまうほどあっさりと、私達は広間のような開けた空間に辿り着いた。何やら水の音がする。

この広間は溜まり場として使われていたのだろう、焚き火らしき跡があった。その先には、浅い池……ではなく、滝つぼ。私とハルト様の持つ灯《あか》りが水面に反射して、キラキラ光る。滝はいくつかあって、灯《あか》りでは照らせない高い位置から落ちてきているようだ。

足元に気を付けながら、灯《あか》りを頼りに進む。

「うっひょー！　広いなおい」

なんだか楽しそうなチセさんの声が響いた。

「ここもトラップはなさそうだけれど……」

「油断は禁物ですね」

セナさんの呟きに、頷《うなず》いて答える。

私達の前方では、キャッティさんが爛々《らんらん》と目を輝かせて周囲を見回していた。

「地下なのに、滝がありますにゃん！」

「滝に落ちて溺《おぼ》れるなよ、お前金槌《かなづち》だろ」

「そんなドジしませんにゃ！」

「お前のその自信はどこからくるんだ!?」

ドジっ子間違いなしのキャッティさんとハルト様のやり取りを横目に、私も滝を観察する。

真ん中には、一番大きな滝。その左右に少し規模の小さな滝があって、すべてが同じ滝つぼに合流している。

「ここを拠点にして、この空間を探ってみましょうか」

ハルト様が、足を止めた。

焚き火の跡のあるそこに、荷物を置く。魔法で灯《とも》した真っ赤な火が、バチバチと音を立てて爆《は》ぜた。

「どこかに財宝部屋があるはずです。または財宝部屋に続く道など。見付けても、決して進んだり触れたりしないようにしてください」

ミッシュさんが、私達を見回しながら告げる。

「オレ、お嬢と探索するー」

私の右手をリュセさんが持ち上げた。もふもふで肉球がぷにぷにのお手てだ。

「では三つに分かれて探索をしましょうか。オレは、キャッティとミッシュとリチャード」

「私はリュセさんとチセさんと一緒でいいですか？」

「僕とシゼとオルヴィアスだね」

チセさんのことだから、慣れていないオルヴィアス様との行動は気まずいだろう。セナさんも同じ考えのようで、すんなりと決まる。

オルヴィアス様も反対することなく、ずっと持ってもらっていたバスケットを地面に置くと、魔法の灯《あか》りを灯《とも》した。

「リュセとチセ。ローニャをよろしく頼む」

「お前に言われなくても守るっつーの！」

オルヴィアス様の言葉に、リュセさんはなぜか毛を逆立てた。

「時計回りで探索をして、この拠点に戻ってきてください」

ハルト様の指示に各々が返事をして、探索を始める。

私とリュセさんとチセさんは、広間の左側へ向かった。

壁まで行き着いたけれど何もなく、時計回りに移動する。

私が灯《とも》している黄色を帯びた白い灯《あか》りに、リュセさんが手を伸ばしてきた。

「何これ、ボールみてぇ」

「まじかよ」

ポイッとチセさんに投げ渡し、ケタケタと笑う。

ボールのように弾むので、ラケットやバットで打てば、よく飛ぶだろう。

「遠くに投げないでくださいね」

その様子を微笑ましく思いながら、二人の後ろを歩く。

その時、背筋にぞくりと震えが走った。

これは——悪魔に似た気配。

私に付きまとう悪魔が来ているわけではないだろう。獣人傭兵団さんとオルヴィアス様がついている今、迂闊《うかつ》には近付いてこないはず。

私は足を止めた。灯《あか》りのボールを投げ合うリュセさんとチセさんは、気付かずに進む。

そっと壁に触れると、なんの抵抗もなくすり抜けた。

私はよろけるように、幻影の壁の向こうに入ってしまう。

そこは、暗闇だった。手元に灯《あか》りはない。

気配が濃厚になり、思わず剣の柄《つか》を握り締める。

目が慣れるまで、じっとしていた。軽はずみに灯《あか》りを灯《とも》してはいけないと直感した。

しばらく目を凝《こ》らしてみると、私の立っている場所が一番狭く、奥に広がっていくような形の空間のようだ。

左右の壁には、ずらりと並んで貼り付く黒い物体。どれも私の身長を超えるほどの大きさがある。

私は息を止め、ゆっくりと剣を抜いた。

ここは、古代に悪魔が創造したと言われる、瘴気《しょうき》を持つ闇の怪物の巣窟だ。

黒い物体は、蠍《さそり》によく似ていた。きっと尻尾の棘《とげ》は、猛毒を持っているだろう。

「お嬢ー？」

リュセさんが私を呼ぶ声が聞こえる。

はぐれたことに気付いて引き返してきてくれたのだろう。

気にかけてくれるのは嬉しいけれど、その声に反応したのは、私だけではない。

闇の怪物の一匹が目を覚まし、もぞりと動く。

私が目を向けた時には、八本の脚で広間へ向けて私の横をすり抜けようとしていた。

「フッ！」

鋭く息を吐く。

闇の怪物は生き物の呼吸に反応するから、これだけで十分に引き付けられるはずだ。

思った通り、その蠍《さそり》はすぐさま振り返り、私に向かって突進してきた。

なんとか視認できる速さで向かってくる蠍《さそり》の頭らしき部分に、狙いを定める。エルフの剣が、その硬い頭部を貫《つらぬ》いた。ドシン、と大きな身体が沈む。

さすがはエルフが鍛《きた》えた剣だ。蠍《さそり》の頭から剣を抜いて、鞘《さや》に収める。

肩から垂れ落ちる髪を、サッと後ろに払いのけた。

そっと辺りをうかがうけれど、幸い、他は起きていない様子。

おそらく何かのきっかけで目を覚ました闇の怪物に襲われたのが、鍵を持っていたあの遺体なのだろう。呼吸する者を襲う闇の怪物によって、盗賊達は壊滅に追い込まれたというところだろうか。

封印系の魔法は苦手だけれど、応急処置として一週間ほど持つ魔法壁を作る。

「お嬢？　こんなところにいた。何してんの？」

「リュセさん、チセさん」

幻影ではなくきちんと出入りを阻《はば》む壁ができたところで、リュセさんに声をかけられた。

「なんでもありません」

今ここで話しても心配をかけるだけだろうから、私は微笑むだけ。

「はぐれちゃだめだろ」

「すみません」

「ほら、お手をどうぞ？　お嬢様」

芝居がかった仕草で私に手を差し出したリュセさんが、ニヤリと口角を上げる。純白のチーターさんの顔でも、イケメンだ。

「ほれ」

チセさんまでもが、私に手を差し出す。お言葉に甘えて、イケメンもふもふに挟まれた。

両手に、もふもふと肉球のぷにぷにを感じる。顔が綻《ほころ》んでしまう。

「ところでさぁー、お嬢」

歩きながら、リュセさんが話を振ってきた。

「ハルトとキャッティって、デキてるの？」

「え？」

まさかそんな話題とは思わなかった。

「違いますよ。ハルト様には婚約者がいらっしゃいます」

頭に浮かぶのは、大きな丸眼鏡の令嬢。何度か見かけたけれど、相思相愛の様子だった。

「えー、そうなのかよ」

「はい」

確か、ハルト様がトレジャーハントで大発見をしたら結婚する約束なのだとか。

「だからあのお二人は、あくまで主人とメイド、ボスと部下の関係だと思いますよ」

「ふーん……」

リュセさんは、なんだかつまらなそうに相槌《あいづち》を打った。

チセさんはあまり興味がないのか、欠伸《あくび》を漏らしている。

手を繋いだまま探索を再開してしばらくすると、チセさんがふと「……腹、減った」と呟いた。

「少し早いですが、ランチにしましょうか？　お肉たっぷりのサンドイッチです」

「おう！」

チセさんの尻尾が、激しく揺れる。

拠点にした焚き火のところまで戻ってくると、すでに私達を除く皆さんは集合していた。

「遅かったね。リュセが遊んでいたの？」

「お嬢が道草してた」

「すみません」

セナさんの言葉に、リュセさんと私はそう返す。

「危険なトラップがないようでしたら、お昼にしませんか?」

「そうですね。この空間は安全そうですから、休憩にしましょう」

さっきの闇の怪物の巣窟が脳裏を過《よぎ》るけれど、今は話さなくてもいいだろう。

ハルト様の了承を得ると、ハンカチサイズの布を取り出して、ひらりと振る。振っただけ大きくなって広がるそれは、レジャーシートの代わりだ。

全員が座れるほどまで大きくなった布をミッシュさんとリチャードさんにも手伝ってもらって敷くと、バスケットを開く。

「おおー! 美味《うま》そうな匂いがする!」

チセさんの尻尾が激しく揺れて、布を叩いた。

タマゴマヨサンドに、パストラミサンド、トマトとアボカドのサンド。

それぞれが好きなサンドイッチを手にとりかじりつくのを見ながらバスケットを探り、気が付いた。

「はっ! 紅茶を忘れてしまいました!」

なんてことなの。せっかく用意していたのに。

淡い紫色のラベンダーティーには星型の青い花を三つ、白いミルクティーにはたんぽぽによく似た白い花を一輪浮かせ、赤いローズティーには薔薇《ばら》に似た赤い花を沈ませる。初歩的な保存魔法で、紅茶と花を閉じ込めて丸めたカプセル。それがお湯に溶けると花が現れる、花の紅茶。

「私、一度店に取りに戻りますね！」

立ち上がって、ブーツの踵《かかと》で地面を踏み鳴らす。

カツン。その音が鳴るだけで、何も起こらなかった。

おかしい。こうすれば、移動魔法が展開するはずなのに。

カツン。カツン。カツン。地面を叩くように踏む。

「お嬢、何してんだ？」

動きを止めて額を押さえた私を、リュセさんが見上げてくる。

「……ここには、移動系の魔法を封じる力が働いているようです。私ったら、入り口の水攻めトラップはいざとなれば移動魔法で抜け出せるとばかり思っていました……あの鍵がなければどうなっていたか……」

「案ずるな。俺が叩き切っていた」

恐ろしい想像に思わずよろけてしまいそうなところを、オルヴィアス様が支えてくれた。

その手を、リュセさんが退《ど》ける。

「あんな壁、オレがぶっ壊してやるからそう青ざめるなよ。でもそれじゃあ、ローニャお嬢お得意の移動魔法が使えないのか」

「おそらく魔法で出入りすることを禁じていたのでしょう。出ることも入ることも、己の足でなくてはなりません」

オルヴィアス様とリュセさんの言葉を信じられないわけではないけれど、それでももしものことを考えてしまう。

「ローニャ。別に大丈夫でしょ。無事にあの出口まで自分の足で戻ればいいだけでしょう、何か問題ある？」

「そう、ですが……」

落ち着き払った様子のセナさんが、トマトとアボカドのサンドイッチをかじりながら言う。

「実は気がかりなものを見付けまして……。この広間の壁の陰に、闇の怪物の巣がありました。封印をしましたので、今は大丈夫です。私の予想ですが、入り口にあった遺体の傷は、その闇の怪物によるものでしょう」

「いつの間にそんなことしてたの、お嬢」

きょとんとした顔のリュセさんが私を覗き込んだ。

「先ほど、少し……」

微笑んで返すと、納得してくれたかはわからないけれど、引き下がってくれる。

「なるほど……盗賊を滅ぼしたのは、そいつらか」

オルヴィアス様はすぐに理解したようだけれど、闇の怪物について知らない獣人傭兵団の皆さんはあまりよくわからない様子。シゼさんは気にしていないのか、黙々とサンドイッチを食べていた。

「確か、悪魔の創造した怪物ですよね……。遥か昔の悪魔が、自分の生みだした怪物をこういう場所に隠したという話です。オレは今まで遭遇したことがなかったのですが……呼吸さえしていれば生き物はなんでも襲うそうですね。はぁ、ローニャ様がついてきてくださり、本当に助かりました！　封印されたということは、もう大丈夫ですね！」

ハルト様は一度難しい顔をしたけれど、すぐにぱぁっと明るい顔になる。

「はい、何もしなければ、当分は大丈夫なはずです」

「ふーん……闇の怪物って強いの？」

なんとなく把握できたらしいリュセさんの、どこかワクワクしたような問い。

「なかなか強いですよ。獰猛《どうもう》で、猛毒も持っています。それに……巣にいた闇の怪物の数は、百を超えていたと思います。目覚めさせてしまったら、まずいですね……」

「ここの盗賊も壊滅させたみたいだし、この先にもいないとは限らないよね？　十分注意して進んだ方がよさそうだね」

私に続いて、セナさんが言う。

そう、まだ他にも巣がある可能性もあるのだ。

「そういえば、財宝部屋は見付かったのですか？」

「はいですにゃ！　一つだけ、道がありましたにゃん。その先にお宝があるはずですにゃ！」

「盗賊達には悪いが、きっと財宝はわんさかあるだろうな」

サンドイッチにかじりつくリチャードさんが、独り言のように漏らす。確かに、移動系の魔法が使えないのだから、財宝を持って逃げるということはできなかったでしょう。

「財宝がわんさか、楽しみだなぁー」

笑みを浮かべたリュセさんが続けて言った。

「ところで、食後の運動がてら、鬼ごっこでもしね？」

なんて、緊張感の欠片《かけら》もないことを提案するものだから、ずっこけそうになる。

「リュセさん。危険はあると話したばかりですよ」

「でもこの空間は危険じゃないんだろ？　なら、遊ぼうぜ。思ったよりトラップなくって退屈してたし、ちょっとくらいいいじゃん。なぁ、男爵。いいだろ？」

私でも拍子抜けしてしまうようなトラップの少なさだから、リュセさんが物足りなく思ってしまうのも仕方ない……かしら。

一同の視線は、ハルト様に向けられた。このトレジャーハントの間、決定権は彼にある。

「鬼ごっこ！　楽しそうですにゃ!!　やりましょう！　やりましょう、ハルト様!!」

キャッティさんが、隣に座るハルト様の肩を掴み激しく揺さぶり始めた。ハルト様の頭がぐらぐらと振り回され、うっかり外れてしまわないか心配になってしまう。

「わかったから揺するのはやめろ！　……ローニャ様が封印したのなら、安心できますね。じゃあ食後の運動ということで……やりましょう」

「鬼ごっこなんて、子どもの頃以来だな……」

「本当ね」

ハルト様の決定に、リチャードさんとミッシュさんも頷《うなず》く。

「楽しみましょうですにゃ！」

闇の怪物が壊滅させた盗賊の根城跡で、鬼ごっこをするなんて。思わず苦笑が零《こぼ》れる。

まぁ、皆さんが楽しめるならいいでしょう。

4　鬼ごっこ。

「オレが鬼をやる」

そう買って出たのは、シゼさんだ。

意外なこともあるものだと驚いてしまう。

見回すとリュセさんもチセさんも毛を逆立てて、尻尾まで立っている。シゼさんが腰を下ろして目を閉じる前に、ビュッと飛び出して全力で離れていった。少し遅れてセナさんまでもが走り出す。

「百まで数えてやる」

シゼさんが低い声で告げると、キャッティさんに急かされてハルト様達もこの場から離れていった。

どっしりと構えて、数え始める純黒《じゅんこく》の獅子さん。

逃げなければ、と慌てて私も動き出す。その時、ざわりと緊張が走った。追いかけてくる鬼が百獣の王ライオンだから、本能が危機感を抱いているのだろうか。

ふと、手を掴まれた。

「こっちだ」

白銀に輝く髪を靡《なび》かせたオルヴィアス様だ。

その手に引かれるままに、ついていく。どうやら水辺を目指しているらしい。

一番大きな滝の正面で止まると、オルヴィアス様は「失礼」と断りを入れてから私を抱え上げた。

躊躇《ちゅうちょ》なく水の中へ踏み出し、滝の裏側に、ひょいっと飛び込んでしまう。暗がりになっていて気付かなかったけれど、そこにはちょっとした空間が広がっていた。

「さっき一人で見付けた場所だ。息を潜《ひそ》めていれば、獣人の嗅覚も誤魔化せるだろう」

「名案ですね」

クスリ、と笑ってしまう。

ちょっと飛沫《しぶき》がかかるけれど、ずぶ濡れになるほどではない。その上、オルヴィアス様がマントを広げて、庇《かば》ってくれている。

「はは、鬼ごっこなんて、何十年も前に姉上の子ども達と遊んで以来だ。童心に返る」

「まぁ。ルナテオーラ様のご子息とご息女はお元気ですか？」

オルヴィアス様の姉であり、エルフの国、ガラシア王国の女王でもあるルナテオーラ様は、強く美しく魅力的なお方。

彼女の宮殿にお呼ばれしてお茶会を楽しんだこともある。美容法から魔法についてまで教えてもらえて、有意義で素敵な一時《ひととき》だった。

そんなルナテオーラ様の夫は百年ほど前に起こった反乱の首謀者で、二人の結婚はガラシア王国に大きな混乱を招いたらしい。けれども彼女がお茶会の席でどれほど夫に愛されているかを語ってくれたので、二人が深く愛し合っていることは全く疑っていない。

そのルナテオーラ様と夫オスティクルス様の間には、二人のご子息と一人のご息女がいらっしゃる。どなたも美しいエルフの王族だった。私がお会いした時にはもう成人した姿をしていたけれど、子どもの頃の彼らを想像するだけでも微笑ましい。

「ああ、元気だ。昔から変わらない。姉上によく似ている」

「それはそれは……。もう一度お会いしたいです」

「彼らも会いたいと思っているだろう。特に姉上が」

ため息混じりのオルヴィアス様に、どうしたのかと首を傾げた。

沈黙が落ち、私に向いた藍色の瞳に散らばる金の輝きに、見入ってしまう。

薄暗く狭い空間で見つめるオルヴィアス様の瞳が、次第に熱を帯びる。

心臓が、ドクンドクンと高鳴った。すぐ横では滝が音を立てて降り注《そそ》いでいるのに、自分の心音ばかりが鳴り響く。

「――そなたが、愛おしい……」

左手で髪を撫《な》でられる。

私を永遠に想うと言ってくれた人。そんなオルヴィアス様の瞳が、ゆっくりと近付いてくる。

一瞬放心してしまい、鼻先が触れ合ったことで我に返った。

さっと俯《うつむ》いて唇をギュッと結ぶと、オルヴィアス様の気配が少し遠ざかる。

「すまない……つい……。愛おしくて堪らないのだ」

その囁《ささや》きに思わず顔を上げ、星の瞬《またた》きを秘めた瞳をまた見てしまう。

「オルヴィアスさ、ま」

次の瞬間、後ろから強く肩を掴まれた。

驚きに身を硬くする私に構わず、そのまま壁と滝の間を通って外に連れ出されてしまう。手の主は、純黒《じゅんこく》の獅子さん。

「捕まえた」

「……あ」

そういえば鬼ごっこをしていたのだと、その言葉で思い出した。

「よくわかりましたね」

「匂いを辿って探した」

「あら」

獣人族から逃げるのは、難しいようですね。

遅れてオルヴィアス様も滝の裏から出てくる。逃げる気はないみたい。

一応といった様子でオルヴィアス様の肩に置いたシゼさんの手元から、もふっと効果音が聞こえた気がした。

「じゃあ私達は」

「中央まで送る」

「あ、はい」

無言のまま荷物のそばへつくなり、シゼさんが駆け出す。鬼の仕事をするようだ。

「セナさんとシゼさんとは何か話したのですか？」

また二人っきりになってしまった気まずさを紛らわせようと、質問を投げてみる。

「いや、特に会話と言えるようなものはしていない」

意外な答えだった。シゼさんはともかく、読書好きなセナさんならオルヴィアス様の武勇伝について根掘り葉掘り聞いていそうなのに。

バチバチと揺らめく焚き火の炎を見つめる。

「そういえば、ローニャ」

「なんでしょう?」

「ジェフリー王から言伝《ことづて》を預《あず》かっている」

私は目を大きく見開いてしまった。

ジェフリー王は、私の住むオーフリルム王国を治めている国王様。シュナイダーの伯父にあたる人だ。

シュナイダーの婚約者だった私はもちろん面識があって、とても良くしてもらっていた。

そんなジェフリー王からの言伝《ことづて》なんて、なんだろう。

「そなたが追放された件が間違いならば正したい、とのことだ」

「間違い、ですか……」

ギクリとしてしまった。

もしかして、私が無実だと、ジェフリー王の耳にも入ってしまったのでしょうか。

シュナイダーが店に来て言っていた、私が嫌がらせの指示をしていないと白状してしまったという元取り巻き令嬢達の顔が浮かぶ。そのまま嘘を貫《つらぬ》いてほしかった。

「……ジェフリー王は、そなたに帰ってこいとも城に来いとも言っていない。だから、王都に戻らなくてもいいだろう」

「お気遣い、ありがとうございます。オルヴィアス様」

貴族に戻りたくない。何より、家族に会いたくない。

そんな私の気持ちを察してくれるオルヴィアス様に感謝した。

「それともう一つ」

オルヴィアス様が再び口を開く。

「実は姉上がそなたに会いたがっている。そなたと会っていることは伏せていたのだが、見抜かれていた。そなたさえ良ければ、ガラシア国の宮殿に来ないか？」

ルナテオーラ様が私に会いたがっている。可愛がられていたし、心配もしてくれているのだろう。

ちょっと困ってしまう。どうしようか。

「あれ。オルヴィアス様か、ローニャ様が一番に捕まったのですか？」

その声に振り返ると、ハルト様とミッシュさんとリチャードさんだ。

「ええ、私が一番に捕まってしまいました」

とりあえずルナテオーラ様の件は保留にさせてもらおう。

「まぁ、獣人族から走って逃げきるなんてことできませんっスよね」

リチャードさんが苦笑を零《こぼ》す。

「追いかけられると恐怖を感じてしまいますね」

続いてミッシュさんが、少し青ざめた顔で言った。

私がしたのは追いかけっこというより隠れんぼだったので、そのスリルは味わっていない。怖いでしょうね。百獣の王ですもの。

「僕達は捕食者だからね。本能的に本気出してる部分はあるよ」

そう答えたのは、セナさんだった。

私の左隣に腰を下ろす。同時に、緑色の尻尾が私の膝の上に置かれた。

「獣の本能で追ってきてるんですか……」

ミッシュさんもリチャードさんも、身震いをする。

そんな二人と違い、私はその獣の尻尾をもふもふすることにした。

さっき濡れて乾かしたからちょっとごわついているけれど、なめらかさはしっかりと残っていた。もふっと掌《てのひら》全体を緑の毛に沈め、ごわごわを取り除くように撫《な》で付ける。

指をさらに沈めて、とかした。

セナさん本人もごわつきが気になるようで、もふりとした右手で撫《な》で付けていく。手が触れ合うけれど、気に留めることなく撫《な》で続けた。

「だぁー!!　捕まったぁっ！」

ゼェゼェと息を乱しながら、足を放りだすように座り込んだのはチセさん。

「誰が最初に捕まったんだ？」

青い瞳が私に向けられる。

「私ですよ」

「ぷっ！　ローニャが一番？　魔法使って逃げられなかったのかよ！」

チセさんは楽しげに笑い声を上げた。

「そんな暇なかったですね。それに移動系の魔法は封じられてしまっていますから」

「そっかー」

そもそも、魔法を駆使して逃げるという考えは初めからなかったけれど。

「鬼ごっこなんて集落で一回やったきりか。昔はよくやったっけな。そん時からシゼ、鬼ばっかりやってたよな」

首をひねったチセさんが、セナさんを見る。

もふもふの子ども達と鬼ごっこ、見てみたいですね。

「追われるより追う方が性に合ってるんでしょ」

セナさんは、次は自分の耳を撫《な》で始めた。私もお耳に触ってもいいですか？

「あっれ!?　オレが一番最後じゃねーの!?　何それ悔しい！」

続いて戻ってきたのは、息の荒いリュセさんだった。リュセさんも、シゼさんには敵《かな》わないのかしら。

まだ捕まっていないのは、キャッティさんだけだ。

「アイツ、意外とやるじゃん……まじでなんなん？」

リュセさんは私の後ろから抱き付くと、セナさんに向かってボソッと言った。

「さーね。ただ者ではないのは確かだね」

そう答えつつ、セナさんが私からリュセさんを剥がそうとする。

「なんのお話ですか？」

「あのキャッティっていう娘だよ」

「自称耳月人族《みみつきびと》のキャッティ」

話題に上がっていたのは、キャッティさんだった。

意味深なリュセさんの言葉に背後を振り仰ごうとするけれど、リュセさんの腕が絡まっていてできない。リュセさんはさらにムギュッと締め付けて、すりすりーと頬ずりしてきた。ちょっぴりキューティクルが失われた白いもふもふ。ふわわわっ。

セナさんがなんとか引き剥がしてくれる。

「うちのキャッティは、耳月人族《みみつきびと》特有の身体能力の高さだけが取り柄ですからね」

「……」

「……」

「……」

ハルト様が呆れたように息をつくと、セナさんとリュセさんとチセさんが顔を見合わせた。どうしたのだろう。

「トラップを発動させるドジさえなければ……」

「あれで何度死にかけたことやら……」

「全くだ……」

揃って重たいため息をつく三人だけれど、それでも仲間から外さない辺り、信頼しているのでしょう。キャッティさんの持ち前の身体能力のおかげで命拾いしたとか、それが役に立ったとか。

しばらくして、キャッティさんとシゼさんも戻ってきた。

「にゃーん……捕まってしまいましたぁ」

「おつかれ。お前でも獣人相手じゃ敵《かな》わないってことか」

「命懸けで逃げてたんですが……猫が獅子に敵《かな》うわけがなかったですにゃん」

ハルト様がぐりぐりーっとキャッティさんの頭を撫《な》でる。

キャッティさんは、しゅんと落ち込んでいた。さっきトラップを発動させた時よりも落ち込んでいるように見えて、ちょっと笑ってしまう。

「あったりめーじゃん」

相変わらず私の背中に貼り付いているリュセさんが、不機嫌そうに言った。

シゼさんはというと、珍しく息が上がっている。そんなシゼさんは「ちょっと休む」と私とオルヴィアス様の間に入った。そのまま私に凭《もた》れてくるものだから、私の頬に純《じゅん》黒《こく》の鬣《たてがみ》が触れる。

「モテモテですにゃん、ローニャお嬢様」

「あはは……」

なぜか目を輝かせ元気を取り戻した様子のキャッティさんに、私は乾いた笑みを返した。

「では少し休憩をしてから、冒険の続きをしましょうか」

ワクワクが抑えられない様子のハルト様は、奥に続く道があるであろう先を見据えた。

まったりと休憩。

やっぱり紅茶が欲しい。でもこれは冒険なのだから、仕方ないですね。

「そろそろ行きますか」

シゼさんが起き上がるのを合図に、ハルト様の声がかかった。

すると、それと同時に、獣人傭兵団の皆さんが一斉に広間の入り口を振り返る。

「誰か来た」

セナさんが短く伝えた。

え？　こんなところに人が来るなんて。

予想もしなかったことに驚いていると、ハルト様が腰のポーチからナイフを取り出す。

「同業者か」

ミッシュさんとリチャードさんも、戦闘態勢に入った。キャッティさんもキリッとした顔つきになる。

同業者。すなわちトレジャーハンター。たまに出くわしてトラブルが起きることもあると、以前聞いたことがある。

「あ、いたいた！　ローニャちゃーん！」

聞き覚えのある声に目を凝《こ》らして見れば、先日オリフェドートの森で会った異世界の女性が手を振っていた。名前は確か、ハナさん。

青いケープを肩にかけたズボン姿。病的なほど真っ白な肌と真っ白な髪で儚《はかな》げな印象を抱くけれど、大きく手を振る姿は元気そう。その声も明るい。

一緒にいるのは、頭に黒い翼が生えた幻獣レイヴ。

その他にもシーヴァ国の騎士と思《おぼ》しき男性が何人かいるけれど、私が一番に注目したのは、その騎士のうちの一人。

白銀に艶《つや》めく鬣《たてがみ》を生やした獅子さんだ。白銀の……

「もふもふ……!?」

思わず心の声が出てしまったのかと慌てたけれど、私の声ではなかった。

目を向けると、ハナさんが驚愕《きょうがく》した様子で獣人傭兵団さんを見ていた。

5　青い宝石。

騎士であろうその白銀の獅子さんに目を奪われていると、唐突に、咆哮《ほうこう》が轟《とどろ》いた。

私の前に立ち上がった純黒《じゅんこく》の獅子シゼさんだ。

続いて、一歩踏み出した白銀の獅子さんも咆哮《ほうこう》を上げる。

ビリビリと空気が震えた。

セナさんもリュセさんもチセさんも、シゼさんと並んで威嚇《いかく》の声を上げる。

牙を剥《む》き出しにして吠え合う、純黒《じゅんこく》の獅子と白銀の獅子。その迫力は満点だった。

思わず呆然としていると、ハナさんが飛び出してくる。

「止《よ》せ、ハナ！」

「ハナ様っ！」

制止の声を振り切ったハナさんは、二人の間に立って手を突き出した。

「落ち着いてください!!　私達に争う気はありませんっ!!」

「シゼさん！」

その行動に我に返った私も、シゼさんを止めようと腕を掴む。

すると、ハナさんの背後で黒い羽根が渦を巻くように舞って、耳と背に翼を生やした黒豹のような巨大な獣が現れた。大きな頭を振ってハナさんをその場から連れ戻すと、翼で守るように覆《おお》い隠す。

「ハナ様！　ご無事ですか!?」

「は、はい！」

騎士服を着た緑の髪の男性に返事をして、ハナさんは黒豹の頭を撫《な》でた。

「幻獣レイヴではないか？」

そう声をかけながら、私達の横を通り過ぎたのはオルヴィアス様。あの黒豹は、幻獣レイヴの獣の姿らしい。

「お前は……英雄オルヴィアスか」

その言葉を聞いて、シーヴァ国の騎士達がざわめく。

「えっ……えっ？　あのオルヴィアスなの？　エルフの英雄の⁉」

「そうだ」

異世界出身のハナさんも、彼の偉大さは聞いているようだ。

シゼさんの腕をしっかり握ったまま、レイヴを見上げる。

大きさはラクレインの方が勝《まさ》っているけれど、とても威圧的だ。豹のような身体つきに、艶《つや》やかな黒い毛並み。

ちょっともふもふさせてほしいけれど、ハナさんにしか心を許していなさそう。

「英雄オルヴィアス様。先ほどこちらのハナ様がおっしゃった通り、我々に争う気はございません。しかし、盗まれた我々シーヴァ国の民の物がここにあるはずなのです。どうか、我々に譲っていただけないでしょうか？」

緑髪の男性は緊張した面持ちで、オルヴィアス様を見る。彼がリーダーなのだろう。

「シーヴァ国の騎士というわけか。そちらの言い分はわかったが、交渉する相手が違う。俺はただ……」

ちらり、とオルヴィアス様の目が私と、続いてハルト様に向けられる。

「付き添っているだけ。リーダーはあのハルト・ブルクハルト男爵だ」

「オレがリーダーのハルト・ブルクハルトです。オーフリルム王国の男爵です」

ハルト様が名乗ると、緑髪の男性は深く頭を下げた。

「お願い申し上げます。財宝は我々に譲ってください」

「申し訳ないが、こちらも命懸けでここまで来ました。手ぶらで帰ることはできません。山分けならどうですか？」

「我が国の物さえ譲っていただけるのでしたら、それで構いません」

騎士の男性は意外にもあっさりと承諾すると、ハルト様に歩み寄って握手を求めた。

黒い羽根がまた渦を巻き、レイヴが人の姿に戻る。頭に翼が生えた人の姿で、獣人傭兵団さんを見張っているみたい。

「隊長を務めるセドリックと申します。この獣人は部下のノット。そして、ランスロットにリクです。こちらは我々シーヴァ国の大事な客人、ハナ様と幻獣のレイヴです」

咆哮《ほうこう》を聞いてからずっと、ランスロットさんもリクさんも剣の柄《つか》を握って離さない。

それでも紹介されると、赤髪のランスロットさんは人の良さそうな笑みを浮かべた。リクさんは、水色の髪の小柄な男性。

「あ、私は実は異世界から来た人間でして、様付けされていますがそんなに偉い人ではありません。聖女の召喚に巻き込まれた一般人です」

張りつめたままの空気を明るくしようとしたのか、ハナさんが笑う。

「にゃにゃん⁉」

それに反応したのは、キャッティさんだった。素早くハナさんの目の前に移動する。

「異世界人ですか！　どこの星ですにゃん？」

「えっ？」

目を瞬《またた》かせるハナさんに、キャッティさんは私も前にしたことのある質問をした。

「星なんて聞いてもわからないだろ、お前」

ハルト様がキャッティさんの首根っこを掴み、ハナさんから引き離す。

そう。普通は知らないのだ。異世界について尋ねたところで、それがどこかわかるのなんて、その手の研究をしている者くらいだ。あるいは、その星の元住人。

「こいつはオレのメイド兼部下のキャッティ。それとミッシュにリチャード」

自分の仲間を紹介したハルト様が、私に視線を寄越す。

キャッティさんの言動に引っかかりを覚えたけれども、私も名乗ることにした。

「……私は、ローニャと申します」

掴んだままでいたシゼさんの腕を離して、一礼する。

「友人の獣人傭兵団さんです。獅子のシゼさん。ジャッカルのセナさん。チーターのリュセさん。狼のチセさんです」

警戒を解こうとしない獣人傭兵団さんの代わりに、穏やかに微笑む。

「ここは移動系の魔法封じが施《ほどこ》されているようです。この広間には罠はないようですが、闇の怪物の巣があったので封印しました。当分、危険はないでしょう」

「闇の怪物、ですかっ」

セドリックさん達が暮らすこのシーヴァ国は、悪魔のせいで瘴気《しょうき》が蔓延《まんえん》している滅びの黒地の隣にある。悪魔の創造した怪物の巣窟があると知れば、動揺もするだろう。

「闇の怪物って何？」

「悪魔が創造したと言われる怪物のことだ。魔物より獰猛《どうもう》で手強い」

「なるほど」

ハナさんの疑問には、レイヴが答えていた。聖女召喚に巻き込まれたためか悪魔の存在は知っていたようで、理解は早い。

「奥に繋がる道を一つ見付けました。共に行きますか？」

ハルト様が指差すと、セドリックさんはしっかりと頷《うなず》いた。

さらに大所帯になった。ハルト様とセドリックさんが先導し、レイヴとハナさんが続く。その後ろを私とキャッティさんとオルヴィアス様が歩いた。

キャッティさんは好奇心に満ちた瞳でハナさんを見ているけれど、ハナさんはそれよりも、私達の後ろで一触即発の雰囲気になっている獣人傭兵団と騎士達の様子が、気になって気になってしょうがないようだ。

「あ、あのっ！」

ハナさんが私の真後ろのシゼさんに話しかける。琥珀《こはく》の瞳が、ちらりとハナさんを捉《とら》えた。

「実はノットさんは他の獣人族と交流がないんです！　だから今回、皆さんに会いに来て、むぎゅ」

私とオルヴィアス様の間から伸びた手が、ハナさんの口を塞《ふさ》ぐ。

ノットさんだ。黙っていろ、と言いたげな獅子の顔があった。

「なんだ。ぼっちかよ、お前。仲良くしてやってもいいぜ？」

リュセさんがニタニタと笑うけれど、ノットさんはキッと睨《にら》むだけで何も答えない。

もしかして、ノットさんはリュセさんとは違うタイプのツンデレキャラなのでしょうか。白銀の獅子さんがツンデレ。可愛い。

「扉が見えてきましたよ」

ハルト様が、私達を振り返った。

見れば、頑丈そうな錠のかかった大きな赤い扉がある。

「魔法の気配はありませんね」

前に出たリクさんが、手を翳《かざ》す。

ガチャガチャ、ガチャン。

扉の前に膝をついたハルト様がしばらくいじっていると、錠が外れた。

「オレ、開けるー」

リュセさんが扉の前に立つ。するとノットさんもその隣に並んだ。

「せーの」

ノットさんは口を閉じたままだったけれど、リュセさんのかけ声に合わせて扉を押し開ける。軋《きし》んだ音を立てて、赤い扉が開いた。

そして、中を覗き込んだ私達は言葉を失った。

私達の持ち込んだ灯《あか》りが、室内のあらゆるものに反射する。

まさに財宝の部屋だ。床に積み上げられた金貨や金塊、宝箱にはさまざまな色に輝く宝石。

「うーわー」

誰かが感嘆の声を漏らした。

ぞろぞろと中に入っていく。

「気を付けてくださいよ、魔法じゃない罠があるかもしれません」

そう言ったのは、先ほど魔法の検知をしたリクさんだ。

警戒しつつ歩を進める私達の注目が、一際輝いているものに集まる。

一番奥の祭壇に飾られた球状の青い宝石。中にはダイヤモンドがちりばめられているようで、瞬《またた》いていた。

「これは……」

「もしかして……国宝の〝心の雫〟!?」

セドリックさんとリクさんが驚愕《きょうがく》の声を上げる。

「遥か昔に盗まれたとされる〝心の雫〟か。巡り巡ってここの盗賊の手に渡ったのだろう」

オルヴィアス様も知っているほどの国宝らしい。きっと盗まれた当時は、血眼《ちまなこ》になって探されただろう。

「こ、これは、シーヴァ国の物です。回収させていただきます」

「え、ええ、どうぞ。……ですが、オレ達も共に発見したという事実、ぜひとも広めてください」

「はい。これはハルト様達のおかげです」

ハルト様は今、感動に打ち震えていることだろう。長い間行方の知れなかった国宝を見付けたのだから。

セドリックさんがわずかに震える手を伸ばして青い球体に触れ、持ち上げた。

——その時。

周囲に積まれた金貨や宝石がカチャカチャと音を立て始めた。揺れている。揺れは次第に大きくなり、金貨の山を崩した。

なぜ思い付かなかったのでしょう。目に付く場所に置かれた国宝に、トラップが仕掛けられていないはずがなかった。

ふと目を向けた壁に亀裂が走る。

これは、まずい。

「ほ、崩壊します！　走ってください!!」

そう叫んで、私はキャッティさんの手を引っ張って走り出した。

魔法封じがあるから、移動魔法での脱出はできない。

壁の亀裂から、水が噴き出した。

「ハナ様！　託します！」

セドリックさんが、国宝〝心の雫〟をレイヴに抱えられたハナさんに渡す。

壁は完全に崩壊した。大量の水が津波のように襲いかかる。ハナさんを抱えるレイヴを筆頭に、迫りくる波に呑まれないように、必死に走った。

通路を出ても波は押し寄せてくる。広間にもあっという間に水が満ちるだろう。

水攻めトラップがあった最初の入り口が見えてくると、セドリックさんとハルト様が同時に叫んだ。

「「ぶっ壊せ!!!」」

崩落の危険もあるけれど、もちろんモタモタしている暇はない。大量の水がすぐそこまで迫っている。

獣人傭兵団さんとノットさんが、獣人特有の怪力を発揮して扉を壊した。

頭上も左右の壁も軋《きし》み出すけれど、気にしてはいられない。いざという時は私の魔法で皆さんを守ればいい。

必死に走っていると、ひょいっとシゼさんの片腕に抱え上げられた。

その次の扉も獣人達が壊して、階段を駆け上がる。

雪崩《なだ》れ込むように、全員が脱出した。

けれど外に出たあとも水は追ってきて、私達を頭からびしょ濡れにした。

地面に座り込んで呆けていれば。

「ぶっ……ははは っ!!」

リュセさんが、一番に笑い出した。

それに続くように他の人達も、笑い出す。セナさんもチセさんも、ハナさんもセドリックさん率いる騎士達も、私を抱きかかえたままのシゼさんまでも。

私も、堪《こら》えきれずに笑ってしまう。

ひとしきり笑ったところで、私はシゼさんに下ろしてもらって炎の魔法を行使した。

「乾かします。じっとしていてください」

魔法陣を思い浮かべて炎を操り、頃合いを見てパンッと手を叩いて打ち消す。

「すごいです！　ローニャちゃん！」

国宝を抱えたハナさんが目を輝かせた。国宝にも負けていない輝きだ。

もしかして、魔法が好きなのでしょうか。魔法がない異世界から来たのでしょうか。

「それにしても、エグいトラップだね。根城を水没させるなんて」

セナさんが水の溜まってしまった階段を覗き込んだ。

「おそらく国宝に手を出された時は根城を侵略された時だと覚悟して、仕掛けたのでしょう。盗賊の根城には、ありがちなトラップですよ。しかし……」

ハルト様はそう返すと、困ったように頭を掻く。

「沈んだ財宝、そのまんまにするのかよ?」

白い尻尾をくねらせて、リュセさんが問う。

その問いに答えることなく、ハルト様は私を見た。

「なんとかできますか？　ローニャ様」

「あ、はい。潜水の魔法を使いましょうか」

「さすがローニャ様！」

この方は、きっとこういう時のことを考えて、私を連れてきたかったのでしょう。

「でも、今日はもう陽が暮れますし……財宝の回収は明日にしませんか?」

空は夕焼けになって、湖の水面は赤い。

夜は水が冷えるだろうから、明日の方がいいと思う。全力で走った疲れもある。休みたいのが正直なところだ。

「そうですね。ではキャンプをしましょうか」

「我々もそうします」

ハルト様が提案すると、セドリックさんが頷《うなず》く。

「じゃあ狩りに行こうぜ、リュセ！」

チセさんが声を上げた。

「ローニャが調理してくれよな！」

「はい、構いませんよ」

その際は、まったり喫茶店に戻らせてもらおう。

「おーい。ノットも行こうぜ」

ここまであまり友好的とは言えない態度を見せていたノットさんに、注目が集まる。

「……わかった。隊長、行ってくる」

「お、おお、行ってこい」

ノットさんの返答に、セドリックさんは驚いた様子だった。

人見知りするチセさんはちょっと戸惑いを見せたけれど、反対はしない。

ランスロットさんが魔法で湖を凍らせて作った道を、三人で渡っていった。

ハルト様とセドリックさんはそれぞれに指示を出し、野宿の支度を始める。ハナさんは国宝を手に、右往左往していた。

リュセさん達が帰ってくるのを待つ間、夕焼け色の湖を眺める。

「どうしたのだ？」

しばらくそうしていると、オルヴィアス様が隣に並んだ。

「ああ、いえ、夜になったらきっと素敵な星空と星の湖が見られると思うと、楽しみだなぁと思いまして」

きっと夜空も鮮明に映すのだろう。早く見てみたい。

オルヴィアス様は、ただ眩しそうに微笑んだ。

6　変身の秘宝。

リュセさんとチセさん、それにノットさんが狩ってきてくれたのは、三体のガウー。

茶色の毛に覆《おお》われた子豚サイズの動物なのだけれど、大物だ。

シンプルにスープにして、振る舞いましょうか。

「オレのガウーの方が大きい！」

「いや、オレのガウーだね！」

「オレだ」

チセさんとリュセさんとノットさんは、獲物の大きさを張り合っているけれど、親しくなったみたいだ。微笑ましい。

「では私は一度戻って調理してきますね。シーヴァ国の騎士の皆さんの分も作ってきます。あの、その鍋をお借りしてもよろしいでしょうか？」

「お気遣いありがとうございます。ですが、我々は自分で作れます」

「私、喫茶店の店長をやっています。私が提供したいのです。作らせてください」

セドリックさんが遠慮するけれど、せっかくノットさんも狩ってくれたのだから、作らせてほしい。

「味は保証する」

オルヴィアス様が加勢してくれて、セドリックさんはしぶしぶ承諾してくれた。

「同行するよ、ローニャ。セスも呼びたいし」

「はい」

セスは、セリーナさんという女の子としてよく店に来てくれる、セナさんの弟だ。

セナさんと、シゼさんも一緒についてくる。私を一人にしないためだろう。オルヴィアス様も頷《うなず》いた。

私の店なら結界で守られているから大丈夫なのだけれど、そうしたいのならさせてあげよう。

念力を発揮するラオーラリングでガウーを持ち上げて、カツンとブーツを踏み鳴らす。

魔力が足元から広がり、白い光となって私達を包んだ。やっと瞬間移動の魔法を使えた。

次の瞬間には、まったり喫茶店の中。

「何か飲まれますか?」

「頼む」

「コーヒーにしますか? ジュースにしますか?」

「コーヒー」

答えると、シゼさんは奥の特等席に座った。

「僕はセスを呼んでくるよ」

「はい」

カランカランとベルを鳴らして、セナさんは一度家に帰っていく。

私はコーヒーをシゼさんに手渡すと、早速調理に取りかかった。

ガウーを捌《さば》くのにちょっと苦戦する。

そんな調理中、店内が気になった。オルヴィアス様は白いドアの前に立って外の様子をうかがっているし、シゼさんは黙ってコーヒーを飲んでいる。

なんでしょうか。気まずい。

二人の様子を気にしていたら、やがてオルヴィアス様が振り返った。

「何か手伝おうか？」

「いえ、平気ですよ」

「そうか」

申し出を断ると、カウンター席に座って私を眺め始める。

オルヴィアス様とシゼさんは会話しないのだろうか。……会話の内容は、ちょっと想像できないけれど。

じっくりガウーの骨からスープのダシを取って煮込みたいけれども、もう夕方だ。玉ねぎを風の魔法で瞬時にみじん切りにして、炒める。味付けにケチャップを投入して炒め、水を入れた。

あとは煮込むだけ。ちょうどその時、セナさんが一人で戻ってきた。

「おかえりなさい。セスは？」

「先約があるみたい。セスの分はいらないよ」

「そうでしたか」

セスにも、セスの夜の過ごし方があって友だちがいるのだ。

アラジン国に連れていった時に喜んでいたので、また遠出をしたら喜ぶと思ったけれども仕方ない。

「セナさんは、飲み物いかがですか?」

「じゃあジュース」

「はい」

セナさんはカウンター席に座った。

「オルヴィアス。君、帰らなくていいのかい?」

セナさんが話しかけたことで、なんとなく気まずかった空気が動いて、少しほっとする。

「問題ない」

オルヴィアス様は、静かに答えた。

二日休みを取っているとのことだから、大丈夫でしょう。

「ふーん」

自分から尋ねたのに、興味なさげな様子のセナさん。

そのまま、沈黙してしまった。会話……ないかしら。

「水攻めのトラップには驚かされましたね」

ジュースを注《そそ》いだコップをセナさんに手渡しつつ、思い付いた話題を振ってみる。

「まぁ、君の武勇伝に嘘がなければ、あれしきは危機でもなんでもないんじゃないの？」

セナさんはジュースを一口飲んでから、オルヴィアス様に目を向けた。

「長く生きてきたが、水攻めのトラップに遭《あ》ったことはない。私一人であれに巻き込まれたら、一巻の終わりだったな」

クスリとオルヴィアス様が笑う。

セナさんはその視線を追いかけて私を見ると、頷《うなず》いた。

「ローニャがいたからこそなんとかなった、か」

「皆さん、私を買い被りすぎですよ」

「そなたのその自分を過小評価する癖は直した方がいい」

オルヴィアス様がきつい口調で言う。

「……すまない」

けれど、即座に謝罪を口にした。

彼の物言いはどこか兄と似ていたから苦手意識を持っていたしそれを伝えもしたけれ

ど、別に今ので傷付いてはいない。

「謝る必要はありません、オルヴィアス様」

「……」

私が笑みを見せれば、オルヴィアス様はほっとしたように頷《うなず》いた。

「確かに、ローニャは自分を過小評価しすぎ。頼りにしているんだよ」

「ありがとうございます、セナさん」

頼りにしている、か。嬉しいお言葉だ。

「あ、スープの具合を見てきますね」

キッチンに戻って鍋を覗き、かき混ぜる。

うん。よく火が通っている。

「セナさん、一緒に持ってくれますか？」

「いいけど。僕とシゼが持つよ」

一つは私が持つつもりだったのに、シゼさんが立ち上がった。

このために二人でついてきてくれたのだろうか。

「ありがとうございます。持ち手は熱くないと思いますが、火傷《やけど》に気を付けてくださいね」

「大丈夫だよ」

セナさんとシゼさんが二つの鍋を持ってくれる。

準備は整ったようだと目で確認してから、私はコツンとブーツの踵《かかと》を踏み鳴らした。

「お待たせしました。ガウーのスープです」

「ありがとうございます」

セナさんの持つ大きな鍋をセドリックさんが受け取る。

その背後から、ひょっこりとハナさんが顔を出した。

「うわあ、美味しそう！」

鍋を覗き込み匂いを嗅《か》ぐと、満面の笑みを浮かべた顔を上げる。

「ありがとう、ローニャちゃん！」

やっぱりハナさんは、儚《はかな》げな容姿をしているけれど元気だ。

ふと見れば、リュセさんとチセさんは大木に凭《もた》れて眠っていた。

と思えば、すぐに匂いを嗅《か》ぎ付けたらしいチセさんが飛び起きる。尻尾を振ってシゼさんのもとに駆け寄った。

私はまだ眠っているリュセさんの目の前まで近付く。大きな純白の猫さんを起こそうと手を伸ばした。

「お嬢っ!!」

「⁉」

伸ばした手を引かれて、リュセさんに抱き締められる。

寝たふりをしていたみたいだ。私はまんまと罠にかかったのですね。

「へへーん、つっかまえた」

「捕まってしまいました。離してもらっても構いませんか？」

「どーしようかなぁ」

もふもふに抱き締められて歓喜の声を上げそうになるのを、グッと堪《こら》える。

上機嫌に尻尾を揺らして、すりすりと頬ずり。リュセさんのデレには、困ったものだ。

「離してください、リュセさん」

「この前は、お嬢がオレにこうして離さなかったんだぜ？　覚えてない？」

「この前？」

そんな覚え……

最近のことを振り返ってみて、思い出した。私はリュセさんに思いっきりじゃれて、押し倒したことがある。

掘り返された記憶に、羞恥心を覚えて顔が熱くなる。

「……思い出した？」

一度身を引いて私の顔を覗いたリュセさんは、ニヤリと不敵な笑みを浮かべた。

「かっわいいー」

いつものからかい。

「もうっ、やめてください！　リュセさん！」

「どーしようかなぁ」

私をまたぎゅっと抱き締めて、頬ずりするリュセさん。

ふわわっ。

「こら。がっつかないの」

そこで、セナさんがコツンとリュセさんの頭に拳《こぶし》を落とす。

「人間にはじゃれつく習性がないんだから、こんな大勢の前でじゃれるのは禁止」

「はぁ？　知るかよ。他の人間がいるからってなんで遠慮しなきゃいけねーんだ。他人なんかほっとけ」

「ローニャが嫌がっているからだよ。だめ」

そう言ってセナさんは、リュセさんの腕から私をさらった。すぐに、ゆっくりと下ろしてくれる。

「大丈夫？」

「はい。ありがとうございます、セナさん」

「もっとガツンと言っていいんだよ、嫌だって」

私は苦笑を漏らしてしまう。

実は、恥ずかしさを覚えつつも、もふもふ大歓迎だとは言えない。

けれど、確かに人目があると、余計に恥ずかしい。

見てみれば、オルヴィアス様や、湖の前に立っているハナさんとノットさんがこちらに目を向けている。

なぜかハナさんは目を爛々《らんらん》と輝かせていた。

なんでしょうか。

「それでは夕食にしましょう」

ハルト様が笑顔で言った。

配膳係を買って出たのは、キャッティさん。普段はメイドをしている彼女は慣れた様子だ。

「いただきます」

二つの鍋を囲って、賑《にぎ》やかにスープを堪能《たんのう》した。

皆さん、ご満悦の様子だ。騎士の皆さんからも、お礼を言われた。

お口に合ったようで、よかったです。

それからは、野宿の準備。初めての経験だから、ちょっとドキドキだ。

貴族令嬢時代ではありえなかったもの。

獣人傭兵団さんと冒険できたし、想像していたほど危険な目には遭《あ》わなかったし、何より楽しかった。

魔法で即席の草のベッドを作ったあとは、焚き火の明かりが届かない湖のほとりを歩く。思った通り、綺麗な二つの星空が見られた。

頭上には満天の星。数え切れないほどの瞬《また》きだ。

そしてそれを鮮明に映し出した星空が、足元の水面にもう一つ。

一面の藍色に散らばる星の輝きは、白銀のような、白金のような。オルヴィアス様の髪色と同じだ。

とても近かったあの距離を思い出してしまい、頬がポッと熱くなる。

これでは眠れません。

無数の星を見上げて深呼吸をして、ベッドに戻ろうとして気が付く。

暗さに慣れた目が、向こう岸にいるキャッティさんを捉《とら》えた。森の奥に行ってしまうその姿を見て、私は首を傾げる。

ボートはこちら側にあるし、湖を凍らせて渡ったような形跡もない。そもそも彼女がそういう類《たぐい》の魔法を使えるとは聞いたことがなかった。

それなら、彼女はどうやって向こう岸に行ったのだろうか。それに、ハナさんへの質問の意図も気になる。

尋ねに行こうと、魔法で足元を凍らせた湖に足を踏み出した。

「一人で出歩くな」

声をかけられて振り返ると、オルヴィアス様だ。

「どこに行くつもりなんだ？」

「キャッティさんを追おうと思いまして。すぐそこですから心配なさらないでください」

「……いや、俺も行こう」

「大丈夫ですよ、オルヴィアス様」

「俺が一緒にいたいんだ」

オルヴィアス様は譲らず、そう言った。

ときめきそうになる胸を押さえて、平静を装《よそお》った笑みで頷《うなず》く。

「お嬢、どこ行くのー？　一緒に行くー」

私とオルヴィアス様の間に割って入ってきたのは、リュセさん。

セナさん達も、歩み寄ってきた。

「キャッティさんが向こうに行ったので、ちょっとお話をしようと思いまして」

「ふーん。僕らも行くよ」

「えっと……」

こんな大人数で押しかけていいものでしょうか。

察してくれたのか、シゼさんはチセさんの首根っこを掴んだ。そして黙って引き返す。

ついてくるのは、リュセさんとセナさんのようだ。

うーん。まぁいいでしょう。

滑ってしまわないように足元を照らせば、その光にリュセさんが反応した。

ふふ。猫さんだ。

対岸についたところで「キャッティさーん」と呼びかけてみる。彼女の聴覚なら、少し離れていても聞き取れるはず。

でも返事はなかった。森の中に足を踏み入れて、彼女の姿を探す。

「足元に気を付けろ、ローニャ」

オルヴィアス様の気遣いに、「これぐらい大丈夫だし！」となぜかリュセさんが噛み付く。

「それにしても、キャッティさんはどこでしょう。灯《あか》りもつけずに……まぁ、猫の耳月《みみつき》人《びと》族さんなら夜目が利くのでしょうけれども」

この暗い森の中、目印を持たない人を探し回るのは、骨が折れそうだ。

それに、返事がないとなるとちょっと心配になってくる。

「それだけどさ、お嬢。キャッティって奴、耳月人《みみつきびと》族じゃないと思うぜ」

「え？」

リュセさんがとんでもないことを言ったものだから、思わず足を止めてしまう。

「どういう意味ですか？」

「そのまんま。アイツ、にゃーにゃー言ってるけど猫の匂いしないし」

「え、でも、猫くさいと言ってたじゃないですか」

「それは猫にじゃれてついた匂いだよ」

セナさんも、会話に加わった。

私は放心してしまう。

「たぶん、人間だと思うよ。匂い的に」

「……キャッティさんはわざわざ変身しているということですか？」

嗅覚の鋭い獣人族のセナさん達が言うのだ。

キャッティさんは——人間。

その時、明るい声が降ってきた。

「せーかい、せーかい、せーいかーいっ！」

顔を上げると、木の枝に座るキャッティさんがいる。

私の持つ灯《あか》りに照らされて、真っ赤な尻尾が揺れているのが見えた。

「私は猫の耳月人族《みみつきびと》ではありませんにゃ。せっかく猫とじゃれて誤魔化していたのですが、獣人族の方々には見破られてしまいましたにゃーん。残念です。猫ちゃん達の協力が無駄になってしまって、本当に残念」

暗いせいか、異様に感じてしまう。

あのキャッティさんが、とてつもない謎に包まれた人物になってしまった。暗い森の中で見る彼女は、いつもとは全く違った。

「バレてしまったのなら仕方ありませんにゃ。私の正体を明かしましょう」

ひょいっと枝から飛び下りたかと思えば、リボンのチョーカーに手を当てて目を閉じた。途端に魔力の気配を感じる。

クリンと撥《は》ねたボブヘアーの赤みが溶けるように消えてしまった。森の闇に溶け込むように、赤い尻尾も耳もなくなる。

そこに佇《たたず》んでいたのは、真っ白なボブヘアーの女性だった。

白。それはまるでそう――ハナさんと似ていた。

「異世界から来た異世界人です。にゃー」

驚きに、言葉が出ない。

異世界から来た……ハナさんと同じ？

「どうやら異世界から召喚された人間は、その印に容姿が真っ白になるみたいですねぇ。聖女とかは例外なのでしょう、魔力が高いことも関係しているんですかね。まぁ、チート的存在ってことで」

そうだ。チートとは、コンピューターなどのゲームの用語。この世界にはないはずの言葉だ。

現にセナさん達は、ちょっと理解ができていないみたい。

「そなたはもしや……サイグリーン国の赤きドラゴンの生贄《いけにえ》か？」

オルヴィアス様が口を開く。

パンッとキャッティさんが手を叩く。その音がいやに響いた。

「ご明察！　赤きドラゴンの生贄《いけにえ》として召喚された、哀れな異世界人です。にゃんっ！」

いつもの調子で、キャッティさんは笑う。

「山よりも大きな赤きドラゴンを鎮《しず》めるために、用意されていると聞いたことがあります」

「生贄《いけにえ》って……？」

セナさんの質問に、私はまさかと思いつつも答えた。

キャッティさんは、なんてことないように笑う。

「私は前当主、ハルト様の両親に救われました。幸い赤きドラゴンは留守だったので、食べられずにすみました。にゃん。その経緯を、ハルト様達は知りませんにゃ」

ハルト様達は知らない。人間だということさえ知らないのだ。

「さて……本題に入りましょう？　私はこの秘密を守ってもらうには何をすればいいのでしょうにゃ？　私は私のために何をすべきでしょう？」

首を傾げたキャッティさんが、その手をチョーカーに添える。彼女の姿が、猫の耳月《みみつき》人族《びと》に変わった。

「勝負です！　私が勝ったら、この秘密を守ってもらいますにゃん！　さぁ始めましょう、口封じ!!」

「えっ、まっ、て！」

「お嬢！　離れてろ！」

鋭利な爪が月明かりに光る。

キャッティさんが降ってきた。と思った時には、リュセさんに押し退《の》けられる。次にはオルヴィアス様に抱えられ、その場を離れた。

私達がさっきまでいた場所に立つキャッティさんの姿が、また変わる。

「このチョーカーは秘宝なんですよ。この名前と同じ……もらい物です。初めてトレジャーハントに連れていかれた時に遺跡で見付けた代物ですにゃん。どんな姿にも変幻自在、四六時中その姿を保てます。もちろん、その変身した種族の特徴、特技まで再現してくれます。もっとも、匂いまでは再現できなかったようですけれど」

ぶわん、と真っ赤な煙に包まれたかと思えば、その中からチーターが飛び出してきた。

チーターの獣人だ。

飛び退《の》いたリュセさんへ一気に距離を詰め、キャッティさんの爪がそのシャツを裂く。

「にゃろっ!!」

リュセさんが反撃するも、キャッティさんは宙返りで華麗に避けた。

また変身。今度は下半身が蛇のようになって、スルスルと木を登っていってしまう。

先ほど座っていた木の枝についたキャッティさんは、続いて人魚の姿になった。

きっとこの人魚の姿で、湖を渡ったんだ。

そんなことを考えてから、我に返る。

オルヴィアス様に下ろしてもらい、自分の足で立った。

「だめだ、ローニャ！　離れて！」

セナさんに制止されてしまう。

湖の方から水が飛んできた。水を操るのは、人魚の特技の一つ。

セナさんに押し退《の》けられて、水の弾を避けた。弾が当たった木には穴が空いている。

強力な水鉄砲だ。

「こーんにゃ姿もできますよ」

キャッティさんが両腕を広げると、今度はチョーカーに触れていないのに、姿が変わる。

私は大きく目を見開いてしまった。

キャッティさんの両腕は、ライトグリーンとライトブルーに艶《つや》めく翼になっていた。

幻獣ラクレインの人型に似ている。いや、きっと真似して変身をしたのだ。

キャッティさんが地面に下り立つ。

「皆さん！　何かに掴まってください!!」

大きく翼を広げた動作を見て、私はすぐに近くの木の幹に掴まった。

次の瞬間には、羽ばたきによって強風が巻き起こった。気を抜けば、飛ばされてしまいそう。

幻獣にも変身できてしまうキャッティさんは、強敵だ。

風が止《や》む。

ザザッと茂みが揺れる音がして、暗闇に紛れた純黒《じゅんこく》の獅子さんが飛び出した。シゼさんだ。

余裕でキャッティさんの背後を取ると首を掴み、地面に捩《ね》じ伏せる。

「おせーから見に来てみれば……何やってんだよ」

私達の後ろからは、呆れた様子のチセさんが現れた。

「っ！」

キャッティさんがまた変身する。今度は獅子の獣人だ。獅子には獅子か。シゼさんは手を離してしまった。

素早く立ち上がり咆哮《ほうこう》を轟《とどろ》かせたキャッティさんが、身を屈めて構えた。

シゼさんの喉元を狙うつもりのようだ。

対してシゼさんは、受けて立つと言わんばかりに琥珀《こはく》の瞳を細める。

力は互角かもしれない。まずい。

キャッティさんが動いた。

私は剣を抜く。そして、二人の間を目がけて投げた。

ピタリ。二人の動きが止まり、注意が私に向けられた。

「話しません！　キャッティさんの秘密を暴露するつもりは、微塵《みじん》もありません！」

キャッティさんの目を見据えて、告げる。

「ローニャ、話し合いで解決するなら、こんなこと始まって……」

「にゃーんだ！　そうなんですか！」

「……ないはず……」

構えたままのセナさんを遮《さえぎ》るように、キャッティさんはあっさりと攻撃態勢を崩した。

純黒《じゅんこく》の獅子だったキャッティさんは、馴染《なじ》みのある赤い猫耳をつけた女性に戻る。

尻尾がゆったりと揺れた。

「いやぁ、てっきり獣人傭兵団の皆様は、私をサイグリーン国に売り飛ばすつもりかと思いましたじゃにゃいですか」

「はぁ？　興味ねーし」

リュセさんの尻尾が、苛立ちを示すようにバシバシと地面を叩いている。

「勝手に勘違いして暴れないでよね……」

セナさんは、すっかり呆れていた。

「どうゆーこと？」

事情がわからないチセさんは蚊帳《かや》の外の気分らしく、面白くなさそうな表情で問う。

キャッティさんの了解を得て説明すると、チセさんもシゼさんも、彼女が耳月人族《みみつきびと》でないことはやはり気付いていたみたい。

「じゃあれか？　ドジっ子なのも、演技だったわけ？」

切れたシャツを気にした様子もなく、リュセさんはからかうように笑いかける。

すると、キャッティさんは首を傾げた。

「ドジ？　何のことでしょうにゃん」

本気でわからないといった様子のキャッティさんを見て、私達は揃って沈黙してしまう。

トラップを引き当てるのは、ある種の才能なのでしょうか。

「ふぁあああ。安心したら、眠くなりました。約束は守ってくださいませ！　ローニャ様、オルヴィアス様、獣人傭兵団の皆様！」

大欠伸《おおあくび》をしたキャッティさんは私に小指を立てた。約束の印に、私も小指を絡める。

「ついでに尋ねてもいいですか？」

「にゃんでしょう？　ローニャお嬢様」

「キャッティさんは地球から来たのですか？」

「はい！　にゃんで知ってるんですか？」

その質問にふふっと笑いを零《こぼ》してしまう。

「私は地球からの転生者です」

「……にゃんですと⁉」

キャッティさんは体を仰《の》け反《ぞ》らせて驚いた。

「何？　何？　どういう意味？」

リュセさんが必死な様子で間に入ってきて、問い詰めてくる。

「私には生まれてくる前の記憶があって、それが異世界、つまりキャッティさんの故郷での記憶です」

「……君、他に僕達に隠してることはない？」

「え……ない、と思いますが」

セナさんは肩を竦《すく》めてしまった。

チセさんは理解できていない様子で、シゼさんとセナさんを交互に見ている。

「どうりでチートまがいなほど優秀なわけですね！」

「いや……それほどでも」

家族に課せられた数多くの稽古《けいこ》のおかげなのだけれど、それは伏せておくことにしよう。「地球仲間！」とキャッティさんが大喜びしているので。

「こうなると、ハナ様がどこの星かさらに気になるところですにゃ。名前的に地球だとは思うのですが」

「ああ、でもキャッティさんから聞かない方がいいと思いますよ。ハルト様になんて説明するのですか？」

「そうですにゃん……ハルト様に迷惑をかけないためにも黙っておくにゃん」

しゅん、と耳と尻尾を垂らして、キャッティさんは俯《うつむ》いた。

キャッティさんを救い出し、ハルト様達に引き合わせたご両親がわざわざ隠していたことを、ハルト様に知られるのは避けた方がいいだろう。それも、ドラゴンの生贄《いけにえ》だなんて。このまま、キャッティさんは姿を偽っていた方がいい。

今度、精霊オリフェドートに尋ねてみよう。何か知っているかもしれない。生贄《いけにえ》を得られなかった赤きドラゴンが今どんな状態なのか、気になるところだ。

「戻ろう。明日はまた盗賊の根城に潜《もぐ》り込むのだから」

私の肩に右手を置いたオルヴィアス様が促した。

「そうですにゃん！　湖の底の探索ですにゃ！」

この騒ぎの発端であるキャッティさんが明るく元気に戻っていくのを、セナさんもリュセさんも、なんとも言えない表情で見送っている。

私は苦笑を漏らしつつ、皆さんの背中を押した。

7　幸せ。

陽の光で目を覚ますと、もふもふがいた。

テントに収まらなかった巨大な黒豹のような幻獣レイヴが、翼でハナさんを包み込んでいる。

もふもふが暖かそうで、ちょっぴり羨《うらや》ましい。

しばらくしてハナさんが立ち上がり、湖の水で顔を洗い始めたので、挨拶《あいさつ》をしに行くことにする。

「おはようございます、ハナさん」

「おはようございます、ローニャちゃん」

ハナさんはへにゃりと優しく笑った。

野宿だったけれど、レイヴの翼のおかげか、疲れはなさそうだ。

「ちょっといいですか？」

ハナさんに尋ねると、その後ろに寄り添うレイヴが無言で頷《うなず》いた。

ちょっとドキドキしたけれど、ハナさんの隣にしゃがんで打ち明ける。

通じる相手だといいのだけれども。

「唐突ですが、私は地球という星で生きた前世の記憶を持っています。ハナさんはどの星からいらっしゃった異世界人ですか？」

ハナさんの黒い瞳が真ん丸に見開かれた。

話が通じたことを確信して、笑みを深める。

「ローニャちゃんは転生者なんですね!?　私も地球から来ました！」

「あ、ちょっと声を抑えてください」

「あっ、ごめんっ！」

興奮した様子のハナさん。

あまり広めてほしい話ではない。転生を信じない人もいるでしょう。

「地球人仲間ですね」

私もキャッティさんもハナさんも、元は地球生まれ。

「……ハナさんは、巻き込まれてこの世界に来たそうですが……」

私は一度俯《うつむ》いてから、顔を上げてハナさんを見つめた。

「……大丈夫ですか？」

キャッティさんの事情は話せないけれどハナさんの境遇も心配で、そう遠回しに尋ねてしまう。

「どういう……？」

「いえ……その、なんというか……生まれ育った世界からいきなり別の世界に来てしまって……不幸、ではないのですか？」

「……あー」

私は転生という形でこの世界に生まれ、ここで育った。

でもキャッティさんとハナさんは、いきなり異世界に放り込まれたのだ。

キャッティさんは生贄《いけにえ》という最悪な召喚。姿を変えて明るく笑っているけれども、昨夜のように常に警戒しているのだろう。いつか連れ戻される日が来るのではと怯えているのかもしれない。

ハナさんはどうなんだろうか。

自分の身に起きたことを不幸と思っているかもしれない。

辛くないのか、そう尋ねたかった。

私が二人を地球へ帰すことはおそらくできないだろうけれど、話を聞くことはできる。

「私は大丈夫ですよ」

ハナさんが明るく笑う。

「私はずっとこういう、魔法の溢れるファンタジーな世界に憧れていて、できることなら行きたいと願っていたんです。巻き込まれ異世界転移って形ですけれど、こうなってよかったと思ってるんですよ？　おかしな話に聞こえるかもしれませんが、私は幸福です」

嘘偽りのない様子で、言い切った。

「魔法が使えるなんて、嬉しすぎて、文字通り宙を舞ってしまいましたよ。こうして美しい幻獣とも会えましたし……」

ハナさんが、レイヴをそっと撫《な》でる。

「偉大な精霊にも出会えて、そして冒険までできて楽しいです。幸せなんです。だから大丈夫です」

ハナさんは、大丈夫そうだ。

「……そうですか」

正直、ほっとした。

「それはよかったです。……ここは、美しい世界ですよね」

前の世界とは何もかも違うけれども、魔法も景色も生き物も、美しいものだ。

美しいものばかり見てきた気がする。

精霊の森の静かな輝き。命が芽吹く淡い光。数え切れないほどの星の瞬《またた》き。

「たくさん、美しいものがあります。これからも楽しんでください」

「……はい！　じゃあ今日は早速、潜水の魔法で水中の美しい景色を見ます！」

そうハナさんは、息巻いたのだった。

潜水するのは初めてだろう。楽しい体験になるはずだ。


「え？　シゼさん、行かないのですか？」

「ボスがパスするなら、オレもパス」

私のベッドに腰かけたシゼさんは、すでに目を閉じてしまっている。

そんなシゼさんに便乗したのは、チセさんだ。

「なんでまた……」

「いいから。ボスとチセはパス。僕達だけで行こう」

セナさんに背中を押されてテントを出る。

もしかして、ネコ科だから水は嫌なのかしら？　でもチーターのリュセさんは、潜《もぐ》る気満々だ。……あら、人間の姿に変身してしまった。その姿で入るということは、やっぱり苦手なのかしら。

なんて疑問に思っていれば、右手をリュセさんに、左手をセナさんに握られた。

「君のことは信用しているけれど、その潜水の魔法は安全なのかい？」

セナさんは身構えてはいないけれど、心配しているみたい。深い水の底に潜《もぐ》るのだから、誰だって不安は覚えるでしょう。

「ええ、信用してくれて大丈夫ですよ」

安心してもらおうと、私はそっと二人の手を握り返した。

ふと、ハナさん達の会話が聞こえてきて顔を向ける。

セドリックさんに、潜水はだめだと言われたようだ。

ハナさんの安全を考えた判断らしい。

楽しみにしていたハナさんが涙目で私を見るけれど、苦笑を返すことしかできない。

ハナさんはノットさん達と待機となった。

セドリックさん一行にはリクさんが、ハルト様一行には私が潜水の魔法を唱える。

薄く透《す》けるベールが周りを囲った。風で簡単に靡《なび》いて飛んでいってしまいそうだけれど、ちゃんと浸水を阻《はば》んでくれる。

「行きましょう」

ハルト様が先導して、ぽちゃん、と水の中へ入った。一歩一歩階段を下りる足が宇宙を漂《ただよ》うかのように浮く。

「おお？」

「手を離した方がいい？」

「そのまま歩けば進めますよ。大丈夫です、ゆっくりどうぞ」

戸惑った様子のリュセさんとセナさんに優しく笑いかけて、まず私が水の中を進む。

「灯《あか》りをつけよう」

すぐ後ろにいるオルヴィアス様が灯《あか》りを灯《とも》した。

ハルト様も灯《とも》してくれて、不気味な暗がりだった階段の先が照らされた。これでよく見える。

「にゃにゃにゃ！　ハルト様ぁ！」

「しっかり捕まってろよ」

何かと思えば、キャッティさんがハルト様に引っ付いていた。あれは猫のふりの延長だろうか。

「なー、お嬢。本当にあの男爵とキャッティは付き合ってないわけ？」

こそっとリュセさんが問う。

「ですから、ハルト様には婚約者がいて、相思相愛なんですよ。キャッティさんはきっと敬愛しているだけでしょう」

ちょうど私と護衛兼お世話係だったラーモのような関係だろう、と推測する。

でもラーモのことをリュセさん達は知らないので内心に留めておいた。

「ハルト様とキャッティのことですか？」

前を行くミッシュさんが振り返る。

「私も怪しんでいたことがあったんですけどね」

内緒話をするように身を寄せて、ミッシュさんは囁《ささや》いた。

「面白いことに、キャッティにゾッコンな貴族がいましてね。しかもそれが、むふふ、ハルト様の親友なんですよ！」

ハルト様の親友、で思い浮かんだ貴族が一人。ハルト様をいつも社交の場に引っ張り出していた子爵の子息。

お目当ては、キャッティさんでもあったのか。

身分違いの恋を、キャッティさんの方はどう思っているんでしょうか。

「キャッティの方はどうなんだ？」

ちょうどよくリュセさんが尋ねてくれた。

「満更でもないですよ。いつも頭を撫《な》でられて、じゃれついています」

それって、私やリュセさん達のようにじゃれているのかしら。

そんな話をしているうちに、階段を下りきった。

魔法で灯《とも》している球体の灯《あか》りだけを頼りに、一行はふわふわと進む。ゼリーの上を歩いているような感覚。

あまりの暗さに、一抹《いちまつ》の不安が過《よぎ》った。

昨日のトラップの発動で、闇の怪物を封印した魔法が解けていないだろうか。解けていたら、皆が危ない。水中戦は、特にまずいだろう。

封印を施《ほどこ》した場所を探ってみるけれど、あの禍々《まがまが》しさは感じられない。胸を撫《な》で下ろしてもいいようだ。

安堵感とふわふわした心地よさにご機嫌で進んでいけば、足元にキラリと光るものを見付けた。

金貨だ。ここまで押し流されてしまったらしい。

念力の魔法が使える道具、ラオーラリングでひょいっと拾い上げる。

奥へ進むにつれて金貨の量が増えていくのを、地道に拾った。

それはまるで空から落ちた星を拾う作業にも思えて、ちょっと笑ってしまいそうになる。

そして行き着いた財宝部屋は、昨日よりも散らかっていたけれども、輝きは失っていなかった。

各々で呪文を唱えたり、魔法道具を使ったりして、宝箱に財宝を詰める。箱が足りない分は、ラオーラリングを使って持ち上げて、地上へと戻った。

太陽の下で輝く財宝は、やはり美しいものだった。

「今回はありがとうございました、ローニャ様」

「ありがとうございましたにゃ、ローニャお嬢様！」

「こちらこそ、ご同行できてとても楽しかったです。ありがとうございます」

私は約束の報酬《ほうしゅう》を受け取り、頭を下げた。

獣人傭兵団さんとの冒険を存分に楽しめて、満足だ。

セナさん達は取り分について話し合いを始めた。

それが終わると解散。私とオルヴィアス様と獣人傭兵団さんは、皆さんに別れを告げて喫茶店に帰る。

私の移動魔法で店の真ん中に下り立つと、カウンターに横たわる蓮華《れんげ》の妖精ロトを見付けた。

私達に気付いたそのロトは、ハッと飛び起きて小さなお手てを振り回している。おかえり、と言ってくれているのだろう。

「ただいま」

そう笑いかけると、ロトの足元が白く円形に光った。

ロトがそこに飛び込む。すると、私達の足元も同じように光った。

「我が友よ！　待っていたぞ！」

空気が変わる。清らかな森の香りに包まれた。

精霊オリフェドートに強制召喚されたようだ。精霊ならではの能力。

オリフェドートに頼まれて、ロトは私達の帰りを待っていたのだろう。

「ただいま戻りました、オリフェドート、ラクレイン」

笑顔で両腕を広げるオリフェドートと、その隣にいるラクレインに笑みを返す。

すると、オリフェドートはそわそわと左右に揺れた。

「その、冒険は楽しかったか？　その、問題はなかったか？」

いつもと違うその様子に、私は首を傾げる。

「ええ、とても楽しい冒険を皆さんとしてきましたよ。どうかしましたか？」

ビクッとオリフェドートの肩が跳ねた。

「はぁ……その様子だと、情報を漏洩《ろうえい》したのは君だね、精霊オリフェドート」

セナさんのため息に、またもやビクッと跳ねる肩。それで私もぴーんときた。

「シーヴァ国の騎士達が同じ日に来たのは、オリフェドートが話したからなんですね」

ラクレインからオリフェドートへ、そしてオリフェドートからハナさん達に伝わったというところだろう。

「すまん!!　酒の勢いでつい……」

「いつもそうだ」

パンッと音を立てて両手を合わせたオリフェドートに、ラクレインが肩を竦《すく》める。

「なんでぃー。オリフェドートのせいかよ。オレ達の取り分減ったじゃねーか」

「あの財宝の半分をもらえたかもしれなかったのにな」

リュセさんとチセさんは、そんな冗談を言って笑い合う。

「お詫びにまったりしていってくれ！」

オリフェドートが右腕を振ると、私達が立っていた原っぱの草が、ぼわっと急成長した。

草の成長にあわせて、目線が変わる。

「と、オルヴィアス。お主もいたのか」

「一緒に召喚された。ちょうどいい、尋ねたいことがあったのだ」

ここで初めてオルヴィアス様に気付いた様子のオリフェドート。

ふかふかになった草の上に腰を下ろしつつ、オルヴィアス様が苦笑を零《こぼ》した。

「ん？　なんだ、言ってみろ」

「サイグリーン国が異世界から召喚している生贄《いけにえ》のことだ」

「ああ、それなら、赤きドラゴンが自分でその召喚の魔法を解いて生贄《いけにえ》をやめさせたぞ」

オリフェドートの答えは、実にあっさりとしていた。

「え？　ドラゴンのための生贄《いけにえ》なのに、ドラゴン自身が魔法を解いちゃったわけ？」

うつ伏せになって頬杖をついていたリュセさんが顔を上げる。

「あやつは元々、生贄《いけにえ》など必要としていなかったのだ。山よりも大きなドラゴンを恐れた人間達が、勝手に生贄《いけにえ》を用意していただけのこと。時間はかかったが、自ら魔法を学んで解いて、満足そうだったぞ」

口ぶりからして赤きドラゴンとは親しいようだ。

精霊の森にも来るのかしら。山よりも大きなドラゴンがこの森に来たら大変そうだ。

いや、魔法を学んだということは人の姿にもなれるかもしれない。

「じゃあ、別にキャッティは隠れている必要ねーじゃん。よかったな、お嬢」

それが心配だったんだろ、と純白のチーターさんがにんまりと笑いかけてくる。お見通しか。

「ええ。キャッティさんにこのことを教えてあげたいです」

手紙を送ろう。キャッティさんも、追手がいないとわかれば気が休まるはず。

「実は、生贄《いけにえ》として召喚された異世界の者と会ったのだ」

「ほぉ……ハナという娘よりも不憫《ふびん》な者がいたか。全くシーヴァ国もサイグリーン国も……」

オルヴィアス様の説明に、オリフェドートはぶつくさとぼやいた。

「……あら？　オリー、リューはどこですか？」

姿が見えない。預《あず》けていたリューはどこにいるのか。

「リューなら、つい先ほど旅立ってしまったぞ」

「え。もう行ってしまったのですか？」

「ああ」

「そんな……挨拶《あいさつ》くらいしたかった……」

「我もそう言ったんだがな。行ってしまった」

リューは自分と同じフィーロ族の仲間を探す旅をしている。

それを止めることはできないけれど、せめて挨拶《あいさつ》をしたかった。

送り出してあげるために、ささやかなパーティーも開きたかったのだけれど。……きっとまた会えるでしょう。

突然のお別れに俯《うつむ》いていたら、ロト達がせっせと膝の上に登ってきた。

励ますように、にっこりと笑いかけてくる。

落ち込んでいないことを示すために笑みを返し、ぐりぐりっとロト達のお腹を指先でくすぐった。

「挨拶《あいさつ》もなしかよ……可愛くねーガキ」

リュセさんはむくれて、ごろんと転がり目を閉じる。

シゼさんなんて、もう寝てしまっていた。

「俺はこれで失礼させてもらう」

「オルヴィアス様。今回はお付き合いいただきありがとうございました」

「礼には及ばない」

オルヴィアス様が腰を上げる。

私はロト達が乗っているから立ち上がれず、そのまま頭を下げる。

するとオルヴィアス様が、私の真正面に立って見つめてきた。

「……？」

なんだろう。

オルヴィアス様の顔をきょとんと見上げる。

「……失礼する」

オルヴィアス様の手が、私の顎《あご》を摘《つま》み上げた。

美しいお顔が近付く。かと思うと、右頬に唇が押し付けられた。

思わず身を引いて、その頬を押さえる。

「では、また会おう」

そう微笑むと、オルヴィアス様は光に包まれて消えた。

「……」

ぽっかーんとしていた私の隣で、リュセさんが素早く身を起こす。

「っ!!　あんのエルフ野郎！！！」

そのままの勢いで怒鳴り声を上げたものだから、私もロト達も震え上がってしまった。

「落ち着きなよ」

「だって!!」

「じゃれてるのと変わらないでしょ」

「なっ！」

するりと左頬にもふもふが触れる。セナさんだ。

「違うだろ!?」

リュセさんは睨《にら》むように私を見ると、ガバッと飛びかかってきた。

オルヴィアス様が口付けた右頬に、白いもふもふがすりつけられる。

「ちょっ、セナさん、リュセさんっ」

はわはわわっ。

緑と白のもふもふサンド！　激しすぎます！

「やめんか！　我が友が困っておる！」

花びらの風が、ぶわっと正面からぶつかってきた。その拍子に、左右のもふもふが離れる。

「全く……これだから獣は困る」

オリフェドートはやれやれと肩を竦《すく》めた。

私は真っ赤になってしまった両頬を押さえて俯《うつむ》く。

何に照れたらいいのか、すっかりわからなくなってしまった。
私は私で、幸せすぎて困ってしまいます！

第3章 ❖ エルフの国。

1 永遠に想う。 ＊ オルヴィアス ＊

ローニャ・ガヴィーゼラと初めて出会ったのは、彼女が社交界にデビューした頃だろう。記憶がはっきりしないほど、当時は興味などなかったのだ。

オーフリルム王国の力ある貴族。ガラシア王国の女王である姉上は、氷のように冷ややかな雰囲気をまとうガヴィーゼラ伯爵家とは気が合いそうになかった。それにもかかわらず、いつの間にかローニャは姉上のお気に入りになった。

姉上だけではない。

オーフリルム王国の王妃にも気に入られていて、王弟殿下の息子と婚約関係にある。

さらに、オーフリルム王国の魔導師グレイティアに続いて、精霊オリフェドートと契約したことは大きな話題となった。

気に入られる術《すべ》でも身に付けているのだろうと、その程度の認識だった。

だが、蓮華草《れんげ》の丘で偶然出会って、俺はそれまで彼女に抱いていた印象を変えたのだ。

そこは、俺が心から安らげる場所。

最近、蓮華《れんげ》の花が綺麗に咲き誇っていることに気付いてはいた。

人見知りの蓮華《れんげ》の妖精ロト達を連れたローニャは、パーティーで見た時とは違って見えたのだ。パーティーでは、家族と同じく近寄りがたい雰囲気を放ち、まさに氷の令嬢のようだった。

しかしながら、蓮華《れんげ》草の丘に立つ彼女のきょとんとした瞳は大きく丸く、サファイアのように輝いて、薄化粧を施《ほどこ》した顔には、まだ少女の幼さがしっかり残っていた。

エリート学園の制服のドレスに身を包んだ彼女は、氷の令嬢と一致しなかったのだ。

長い髪を三つ編みに束ねて右肩から垂らした、ただの少女。

「オルヴィアス様、奇遇ですね」

令嬢らしい会釈《えしゃく》をして、にっこり微笑む。

聞けば、ローニャは妖精ロトに頼まれて、蓮華《れんげ》の畑を手入れしているらしい。

「そうか……そなたのおかげで、この丘が美しくなったのだな。礼を言う」

「いえ、私はただ妖精ロトのお手伝いをしているだけです」

ローニャが浮かべる微笑みは、パーティーの時の貼り付けたような微笑みとは違った。

朗らかで穏やかなものだ。

今考えてみると、俺はそれを見て、興味を惹かれたのだろう。

それから時々、彼女とその丘で会うことが俺の楽しみになった。

ローニャには、愛し合っている婚約者がいる。それを知ってはいても、想いは膨らんでいった。相手のシュナイダー・ゼオランドに嫉妬《しっと》をぶつけつつも、よりよい男に鍛《きた》え上げようとしていた。

報われなくとも、俺は永遠に想い続ける。永遠に、片想いをする覚悟を決めていた。彼女が幸せならば、それでよかった。

だが、ローニャの幸せは、壊されたのだ。

シュナイダー・ゼオランド自身の手によって。

俺の気持ちを見抜いていた姉上に背中を押されたこともあって、俺はローニャに想いを伝えた。思いもよらない理由で断られたが、時間がかかってもローニャにふさわしい男になってみせる。

以前よりもローニャと同じ時間を過ごすことが多くなり、想いはさらに膨れ上がった。

その想いは欲を生み出して、彼女に触れたくなる。もっと触れてしまいたいという欲張りな想いが生まれるのだ。

困ったものだと、苦笑が零《こぼ》れる。

「なぁに、一人で笑って。ヴィアス、わたくしが会いたがっているとちゃんと伝えてくれたのかしら?」

声をかけられて、我に返った。

姉上がむくれたような表情で、俺の顔を覗き込む。姉上に、謁見《えっけん》の間に呼び出されたのだった。

姉上は、ローニャを宮殿に招きたがっている。

「ちゃんと伝えました、姉上。ただ、返事は聞きそびれてしまいました」

そう答えると、姉上は玉座の上で肩を竦《すく》めた。

「次会った時に返事を聞いてちょうだいね。ローニャ嬢に見惚《みと》れていないで」

「……はい」

2　黒いジン。

エルフの国、ガラシア王国。

白い花が咲き誇る純白の宮殿にはハープの音色が響き、人々に穏やかな印象を抱かせる。

この国の女王は、国を超えた女性の憧れの的。

名を、ルナテオーラという。

彼女は、美しいだけではない。

百年前に起きた反乱をおさめ、首謀者である男の決闘を受け入れては打ち負かし続けた女傑《じょけつ》。そして最後に、男が勝てば王座を譲り、負ければルナテオーラと結婚をする、という条件で決闘をした。結果、反乱の首謀者はルナテオーラの夫となった。

当然、国民は大いに混乱したが、女王は追放するには惜しい人材だと説得し、二度と反乱など起こさぬよう制御すると約束した。

初めこそ反発していたらしい首謀者は、今は完全に屈服して大人しくなり、女王のために、国のために、尽くしている。

その心情は誰も知らないが、国民は彼が女王ルナテオーラを心から愛してしまったのだと信じている。

男の名は、オスティクルス。

王弟殿下オルヴィアスと共に、ルナテオーラの護衛を務めていた。

しかし、その二人の警護を掻《か》い潜《くぐ》り、その災厄は現れる。

黒い黒いそれは、美しいルナテオーラの白い腕を掴み、刻み込んだ。

呪いを――

＊❖＊

冒険から帰った翌日のことだった。

平常通り店を開き、午前の目まぐるしい接客を乗り越えて、獣人傭兵団さんを迎える。

ちょうど皆さんの食事を運び終えた時に、カランカランと音を鳴らして白いドアが開かれた。

入ってきたのは、立派なマントを羽織《はお》ったオルヴィアス様だ。

「すまない、ローニャ！　急いで来てほしい！」

慌てた様子で近付いてくると、その勢いのままひょいっと抱き上げられた。

「ちょ、おい⁉」

「何してっ！」

リュセさんとセナさんの声が聞こえたけれど、それもパタリと消える。

「オルヴィアス様、一体……」

移動魔法でどこに連れてこられたのかと思えば、ここは——純白の宮殿、謁見《えっけん》の間。

鹿の角のようなデザインの玉座に腰を下ろしているのは、オルヴィアス様の姉であり、エルフの国ガラシアの女王ルナテオーラ様。国の内外を問わず多くの女性から憧れの眼《まな》差《ざ》しを向けられている、美しく強い女王。

星の輝きにも例えられる長い髪、金箔がちりばめられたような藍色の瞳、先が長く尖った耳。溢れそうなほどの豊満な胸とキュッとしたウエストを包む、上品な白いドレス。

凜《りん》として微笑む姿は、いつもの通りだけれど……

「ローニャ、お久しぶり……」

大理石のような肌がいつにも増して白い。

「突然、呼び出してごめんなさい……」

「ルナテオーラ様……!?」

「あなたの力を貸してほしいの」

オルヴィアス様に下ろしてもらった私は、彼女のそばに立つ夫のオスティクルス様を見上げた。

エルフの特徴である白銀の長い髪を持ち長いローブを羽織《はお》った彼の顔には、痛々しい表情が浮かんでいる。

「頼む、ローニャ嬢。ルナテオーラを救ってくれ」

オスティクルス様の言葉に改めてルナテオーラ様を見て、私はゴクリと息を呑んだ。

露出した両腕には、黒い薔薇《ばら》の模様があった。幸福を与える青い妖精ジンのものと似ているが、別物だ。ルナテオーラ様の腕にあるそれは――呪いだ。

「まさか、黒いジンの呪いですか……!?」

黒いジン。その存在は、幽霊のようなものだ。

奴隷にされた悲しき歴史を持つ青いジン。その青いジンが抱いた人間への恨みを集めた悪魔が、生み出した存在。

青いジンは、触れる相手に幸福を与える。

黒いジンは、触れる相手に不幸を与える。

ルナテオーラ様は、その黒いジンの呪いを受けて、不幸という痛みに苦しんでいるのだ。

「すぐにルナテオーラ様を寝室へ！」

私は一刻も早く治すことが先決だと判断して、エプロンを脱ぐ。

「ありがとう、ローニャ」

力なく微笑むルナテオーラ様の身体がゆっくり傾き、床に向かって倒れていく。慌てて駆け寄ろうとしたけれど、先にオスティクルス様が受け止めた。そのお顔が歪《ゆが》む。

「俺が運ぶ……。ローニャ嬢は用意をしてくれ」

「は、はい！」

「こっちだ」

オルヴィアス様の案内で、先にルナテオーラ様の寝室に向かう。人払いがされているようで、移動する間誰にも会わなかった。

気を失ったルナテオーラ様が、円形の天蓋《てんがい》付きベッドに運ばれる。

「必要なものはなんだ？」

「用意させる」

「はい。では今から言うものを用意してください」

袖を捲《まく》りながら、ルナテオーラ様の呪いを解くために必要な材料を挙げていく。

「それと——ジンの国アラジンの青い薔薇《ばら》が必要です」

「「……」」

私の言葉に、オスティクルス様とオルヴィアス様が顔を見合わせた。

「……そういえば、なぜ私を呼んだのですか？　オーフリルム王国の魔導師達の方がいいのでは？」

オーフリルム王国の魔導師は、あのエリート達の集《つど》うサンクリザンテ学園を卒業しただけあって優秀だ。黒いジンの呪いの解き方だって、知っているはず。

私はオーフリルム王国一番の魔導師と囁《ささや》かれているグレイティア様に、教わっただけ。それを貴族令嬢時代にルナテオーラ様に報告したことがあるから、呼ばれたのだろうか。

「何か、私でなければならない理由がおありなのですか？」

オーフリルム王国とガラシア王国の関係は良好で、今までも助け合ってきたはず。

「わたくしが頼んだの……」

口を開いたのは、目を覚ましたルナテオーラ様だった。

「オーフリルム王国に知らせれば、アラジン国にも隠せないでしょう。黒いジンが女王であるわたくしを襲撃したなんて知ったら、ジークハルト王がご自分を責めてしまうわ。それに、わたくしも、こんな姿を両国の王に見せたくないの。ワガママであなたを呼んでごめんなさい、ローニャ」

「ルナテオーラ様……」

黒いジンは、ジークハルト王の責任ではない。しかし、優しいあの人は、きっと責任を感じてしまうだろう。

それに幸福の匂いを嗅《か》ぎわける彼には、今ルナテオーラ様を苦しめている不幸は毒だ。ワガママなんてことはない。美しく強い女王として君臨するルナテオーラ様が、弱った姿を隠そうとするのは、何も悪いことではない。

そして、令嬢をやめた今でも、私を信頼してくれていることが伝わってくる。

「わかりました。ルナテオーラ様、私が全力であなた様の呪いを解きます」

私の返答にルナテオーラ様は笑みを深めて、また意識を手放した。

「……とは言っても青い薔薇《ばら》が必要なのだろう。事情は適当に誤魔化せばよい。ここは頼んだぞ、オルヴィアス、ローニャ嬢」

アラジン国へ行ってくれるらしいオスティクルス様が、移動魔法の光に包まれ消える。

「ローニャ……どうやって呪いを解くのだ？」

「先ほど言った材料を混ぜ込んだ薬を塗りながら、呪文を唱えてこの模様を拭《ぬぐ》うのです。魔力の注《そそ》ぎ方にコツがありまして……」

ルナテオーラ様の腕に触れようとした右手を、強く掴まれた。

「知らないのか？　触れる者も呪いの影響を受けるんだぞ」

オルヴィアス様の鋭い声に、目を丸くする。

「えっ。それほど強力な呪いなのですか？　……それでは数日かかります。呪いの影響は徐々に弱まりますが……その間、苦しみ続けてしまいます」

　今も苦しんでいるルナテオーラ様をすぐにでも救いたいのに。

「俺の責任だ……。黒いジンが姉上の前に現れたのは、俺達の警備が甘かったからだ……。ローニャ、呪いを移す魔法はないか？　せめて、俺がその苦しみを背負いたい」

「いいえ、オルヴィアス様。触れてはいけないほど強力な呪いでは、他者に移すこともできません。それにオルヴィアス様の責任ではないです。黒いジンは幽霊のように現れたり消えたりするのでしょう？　それでは太刀打ちできません……。それより、材料を用意しましょう」

　悔しいだろう。彼は長年ルナテオーラ様を守るために剣を振るってきたのだ。

　しかし、黒いジンは幽霊のようなもの。悪魔のように厄介だ。

　どうして、ルナテオーラ様を狙ったのでしょう。まさか、悪魔の差し金？

　私は一度その疑問を胸にしまい、オルヴィアス様の案内で必要なものを集めた。

　そうしていると、ふと宮殿のざわめきに気付く。

　鳥の羽ばたき……これはもしや、ラクレイン？

　そう思っていれば、今度は咆哮《ほうこう》が轟《とどろ》いた。

　これはシゼさんのものでは⁉

慌ててそちらに向かうと、幻想的な白い光に満ちた庭園に、エルフの警備部隊に取り囲まれたラクレインと獣人傭兵団さんがいた。

「皆さん！」

「お嬢！　無事!?」

今にも戦闘が始まってしまいそうな空気。

それを止めてくれたのは、同じく駆け付けたオルヴィアス様だった。

「お前達、俺が呼んだ客人だ。持ち場に戻れ」

そう言って警備部隊を下がらせる。

「俺が呼んだ客人だと？　お嬢をさらっておいて何言ってやがる！」

唸《うな》るリュセさんに、顔色一つ変えずオルヴィアス様は頭を下げた。

「すまない。だが、事情は話せない。このまま何も聞かずに帰ってくれ」

「は!?　何様だよ、てめぇ！」

毛を逆立てるリュセさんも、セナさん達も納得いかないといった様子だ。

「皆さん、申し訳ありません！　オルヴィアス様の言う通り、何も聞かずにいてください。お願いします」

私も誠意を込めて、頭を下げてお願いした。

「お、お嬢っ」

「ローニャまで……。何かあったみたいだけれど、君がここにいる必要はあるのかい？」

セナさんはため息をつくと、鋭い眼差《まなざ》しを周囲に向ける。

「令嬢をやめた君を、ここに呼ぶ理由があるのかい？」

言い直して、セナさんは再び投げかけてきた。

令嬢でなくとも、ここに留まる理由がある。

「はい。助けたい人がいるので、私はここに留まります」

私の意志は固いと、はっきり伝えた。

ルナテオーラ様を救いたい。ただそれだけだ。

「……そう」

一つ頷《うなず》いたセナさんは、指示を仰ぐようにシゼさんに目を向ける。

「セナ。お前残れ」

「わかった」

セナさんが、今度はリュセさんを見た。

「リュセ達はまったり喫茶店をちゃんと閉めておいて」

「は!?　まじでここに残すわけ!?」

「……？」

リュセさんはまだ納得できないようだし、チセさんは何がなんだか把握できていないようで、シゼさんとセナさんを交互に見ている。

「申し訳ありません、接客の途中なのに……店を閉めていただけると助かります。この借りは、近いうちに返します」

「いや、お嬢の借りじゃなくね？　どっちかっていうと英雄サマの借り……」

「じゃあ牛ステーキな⁉」

「チセてめぇっ」

もう一度誠意を込めて謝罪をすると、リュセさんとチセさんがいつもの喧嘩を始めてしまう。オロオロしていれば、シゼさんのもふっとした手が頭に置かれた。

「必ず帰ってこい」

「……はい」

短く告げられた言葉に、私は頷《うなず》く。

「ラクレインも、ごめんなさいね」

「……我は、お主が無事ならいい」

ラクレインはそれだけを返すと、獣人傭兵団さんを連れて消えた。残ったのはセナさんのみ。

「ほら、人助けをするんだろう？　僕はその辺で待つから、集中していいよ」

「ありがとうございます、セナさん！」

お言葉に甘えてセナさんをオルヴィアス様に任せ、ルナテオーラ様の部屋に戻る。部屋には、すでにアラジン国から帰ってきたオスティクルス様がいた。

「オスティクルス様っ」

彼がルナテオーラ様の手を握っているのを見て、思わず駆け寄ってしまう。

そういえば、彼は先ほどルナテオーラ様を運んだ。

オルヴィアス様が呪いの強力さを知っているのだから、オスティクルス様もそのことはご存知のはず。

「ローニャ嬢。呪いを移す方法はないのか？」

オスティクルス様は、オルヴィアス様と同じことを聞く。

「ありません……残念ながら、これほど強力な呪いとなると難しいです。手を離してください、オスティクルス様。あなた様まで苦しむことはありません」

「俺とルナテオーラは夫婦だ……妻が苦しむなら、俺も苦しむ」

「お気持ちはわかります。それでもどうか、手を離してください。私にお任せください」

また苦しげに歪《ゆが》んだお顔。

私より何倍も長く生きるエルフである彼らは、それだけ多くの経験をしている。その分不幸なこともたくさんあって、それがどれほどのものなのか、私には想像もできない。

少しの間沈黙したオスティクルス様は、ゆっくりとルナテオーラ様から手を離した。

私に任せてくれるようだ。

「……頼んだ、ローニャ嬢」

「はい。オスティクルス様」

オスティクルス様が部屋を出るのを見送ると、私は作業に取りかかった。

アラジンの国に咲く青い薔薇《ばら》を器に入れ、その他の材料を魔力を込めてすり潰しながら入れていく。

オスティクルス様の悲痛な面持ちを思い返した。

寡黙《かもく》なオスティクルス様だけれど、心から愛する人が苦しんでいるのはさぞお辛いことだろう。

「……よし。ルナテオーラ様、触れます」

その声が届いているかはわからないけれど、塗り薬が完成した。

私はベッドに横たわるルナテオーラ様に近付き、その美しい肌に浮かぶ黒い模様に触れる。まずは、左から。

途端に、胸にズキンと痛みが走った。

脳裏に浮かぶのは、幼い頃の記憶。遊ぶ暇さえなかった幼少期。もう少しまったりする時間が欲しいと頼んで、お母様に頬を叩かれた。

その時の痛みが思い起こされて、手を離してしまう。

こんな痛みをずっと感じながら、微笑みを浮かべられたなんて……。きっと今は悪夢にうなされているのだろう。

「……ごめんなさい、ローニャ」

ハッと我に返る。

「あなたには辛いわよね……」

「ルナテオーラ様……」

ルナテオーラ様の方が辛いはずなのに、私のことを気遣ってくれる。

「聞いたわ。シュナイダーと何があったのか」

シュナイダーの名前が出てきたことに驚く。

「愛する人を奪われて、さぞ辛かったでしょう……それを思い出させてしまうでしょう。それに氷のように冷たい家族のことも……辛い思いをさせてしまってごめんなさい」

どうしてこんなにも私のことを気遣えるのだろう。

慈悲深いお方だ。これが女王の器なのだろうか。

私は、首を横に振る。

「いいえ、私は乗り越えた苦痛には負けません」

「……あなたは、美しく、強い女性ね、ローニャ」

ルナテオーラ様の微笑みに、私も笑みを返す。

「なるべく早く呪いが解けるように全力を尽くします」

「ありがとう、ローニャ……」

お礼を言うルナテオーラ様の声は、か細い。瞼《まぶた》がゆっくりと閉じられた。

「……うん」

私は一人で頷《うなず》き、再びルナテオーラ様の肌に触れて、薬を塗る。

途端に、ギュッと締め付けられたように胸が苦しくなった。

痛みに耐えながら魔力を注《そそ》ぎ、模様を拭《ぬぐ》う。

息もつけない日々。大きすぎる期待にやっとの思いで応えても、更なる功績を求められ続ける、温かみのない家族との苦痛に満ちた思い出。

辛かった日々が、涙になって溢れてくる。零《こぼ》れ落ちる涙が、ベッドにシミをつけた。

――ああ、不幸だったんだ。

自覚すらしていなかった痛みまで、胸に刺さるようだ。

私はルナテオーラ様に気付かれないように静かに涙を零《こぼ》しながら、黒い薔薇《ばら》を拭《ぬぐ》い続ける。

――それでも、私にはシュナイダーがいるから、大丈夫。

砂時計のようだ。

サラサラと落ちて積もる砂のように、楽しい時間が減り、苦しい時間が増えていく。

家族とは違って温かいお祖父様《じいさま》のところへ逃げようと、何度も考えた。

それでも、シュナイダーが手を差し伸べてくれたから、私は。

運命は変えられると思った。奇跡を信じたかったのだと、また胸が痛む。

――それなのに、運命は残酷だった。

シュナイダーはミサノ嬢と出会い、親しくなる。

それを見ていた私は痛みに気付かないふりを続けた。

「っ!」

これ以上はだめだ。私は手を離した。

これは、悪魔よりも厄介だ。苦しすぎる。苦しみのあまり、恨みが生じてしまいそうだ。

こうして、黒いジンは誕生したのだろうか。苦しく不幸せだったジンの恨みの塊《かたまり》。自分達を苦しめた人間の国と友好的な関係を築くエルフの国の女王に、恨みを植え付けたかったのだろうか。

「……負けないでください、ルナテオーラ様」

私も、私の不幸と戦う。

これはもう乗り越えたものだ。だから、負けない。

私はそっと呟いて、涙を拭《ぬぐ》ったその手で、また呪いに触れた。

学園で学年一位の成績を取っても、当然だと言って褒《ほ》めてはくれなかった両親と兄。どんなに頑張っても報われないと知った時の絶望。微笑みを貼り付けて耐え続けた日々。

深呼吸をする。激しい魔力の消耗と精神的な疲労を感じつつ、ルナテオーラ様の左手に目をやった。薬指にゴールドの結婚指輪と、親指に王家の紋章が刻まれた指輪をつけているのみで、手の甲や掌《てのひら》に黒い薔薇《ばら》はない。

「よかった。左腕の模様は消えました！」

心なしか、ルナテオーラ様の表情は先ほどよりも和らいでいる。

これ以上は、私にもルナテオーラ様にも負担だ。私の魔力が回復するまで、休憩にしよう。

私は、ルナテオーラ様のお顔の汗を、濡れタオルでそっと拭《ぬぐ》った。

オスティクルス様にルナテオーラ様の容体と休憩の必要性を話して、部屋を離れさせてもらう。私と入れ替わるように、オスティクルス様はすぐに寝室に入っていった。近くにいたいのでしょう。

私はふらふらと宮殿を歩いて、やっと座ってもよさそうなベンチを見付けると、崩れるように腰を下ろした。

どこからかハープの音色が聴こえてくる。うとうとと、勝手に瞼《まぶた》が閉じた。

心身共に休めなくては。この調子なら、きっと明日にはルナテオーラ様の呪いを、完全に払拭できるだろう。

「……ふぅ」

息をついてベンチに凭《もた》れかかり、力を抜く。

横になってしまおうと考えるのと同時に、そっと肩を引かれて上体を倒された。

もふっと触れた毛並み。森の匂い。フリフリ、と鼻先をくすぐるもふもふはきっとセナさんの尻尾だ。

近付く気配にすら、気付かなかった。よっぽど疲れているのだろう。

自然と笑みが零《こぼ》れ、私は掌《てのひら》で尻尾を撫《な》でた。

3　痛み。＊セナ＊

ローニャが英雄オルヴィアスにさらわれた時は本当に焦った。

リュセは無理矢理結婚する気なのではないかと怒っていたが、僕は精霊の森を救った偉業を持つローニャが、ついに強制的にエルフの国へ連れていかれたのかと思ったのだ。

どうやら、そうではなかったらしい。

ローニャは人助けとだけ言ったが、僕にはその相手が女王ルナテオーラだとわかった。英雄オルヴィアスが助けを乞うような大物だということと、あいつの護衛対象を考えれば、推測できる。さすがに何が起きたかまでは情報が足りないからわからないけれど、ローニャの力が必要なのだろう。

僕はエルフの国、ガラシア王国の宮殿に残り、ローニャがその人助けを終えるのを待った。

宮殿の中を歩き回るのは詮索しているようであまりよくないと判断して、庭園をうろつく。

「セナ」

「……何？」

そんな僕に歩み近寄ってきたのは、英雄オルヴィアス。

見慣れた旅人風のマントではなく、王弟殿下らしい立派なマントを羽織《はお》っている。

英雄オルヴィアスは、僕なら他言しないと判断したのか、ローニャをさらった事情を話した。

黒いジンの襲撃により、女王ルナテオーラは呪いにかかったと言う。呪いの解き方を知っているローニャを連れてくるように言ったのは、女王ルナテオーラ。そしてその呪いは不幸の痛みを感じさせるもので、触れるローニャも、その影響を受けると聞かされた。

「数日かかると言っていた。おそらく、休息が必要になるだろう。俺が言えることではないが、休ませてやってくれ」

「そう、わかった」

「俺は警護に集中する。……ローニャを頼んだ」

「君に頼まれなくても」

その数時間後、僕はローニャを見付けた。

疲れた様子で、ベンチに腰かけて俯《うつむ》いている。僕が近付いても、顔を上げないほどだった。

　隣に座って、膝枕をしてあげる。ローニャは完全に気が緩んでいて、抵抗することなく僕の膝の上に頭を乗せた。目を開くことなく、僕だとわかったみたい。尻尾を振って鼻先をくすぐれば、右手で撫《な》でられた。

「大丈夫かい？」

　僕は静かに問う。

「はい……」

　力ない返事。相当疲れているようだ。

「聞いたよ。黒いジンの呪いだって」

「え、聞いたのですか……」

　驚いてはいるのだろうけど、目は閉じたまま。

「触ると不幸を感じるんでしょう？　青いジンとは真逆だね」

「そうですね……」

　優しくローニャの頭を撫《な》でる。

「大丈夫なの？」

　僕は、もう一度尋ねた。

「君、前世の記憶もあるし、不幸を強く感じるんじゃないの？」

ローニャが気怠《けだる》げに目を開く。

「前世の記憶は、それほど……鮮明なものではないので……」

不幸のうちには、入らないのだろうか。

「辛い記憶は覚えてないってこと？」

「……辛い記憶ではあります。今世の貴族生活のように忙しくて……思い返せば、幸せはわずかだった気がします。前世はあまりの忙しさに死んでしまったのです」

僕は撫《な》でる手を止めなかった。

「死んだ記憶……辛いんじゃない？」

「今のところは、前世に関する不幸は感じていません」

「そう……。呪いを解くには数日かかるって聞いたけれど、その間君も一緒に苦しむってこと？」

「そうなりますね。あ、でもこの調子なら、明日中にはすべて終わりそうです」

膝の上のローニャの顔に笑みが浮かぶ。

全く、優しいんだから。

「助けたい気持ちはわかるけれど、自分の負担も考えて」

「はい、だからこうして休憩を」

「なら部屋でも用意してもらって、ベッドで休むべきだよ」

「ふふ……私もセナさん達に、いつも同じことを思っていました」

「何笑ってるの」

ツンツンと指先で頬をつつく。

「そうですね、部屋を用意してもらいます。でもそれまで、こうやってじゃれていてもいいでしょうか？」

起き上がったローニャは、僕に微笑みを向けた。

「別にいいよ」

君がそれで安らぐのならば。

快諾すれば、ローニャは僕の肩に凭《もた》れた。両手で僕の尻尾を持って、撫《な》で付ける。

僕はそんなローニャの頭に頬ずりをして、じゃれた。……安らいでいるのは、僕の方かも。

「遅れましたが、心配して来てくださり、ありがとうございます……」

ローニャはそう呟くと、眠ってしまった。

丁寧にお礼を言うけれど、君が大切なのだから、当然だ。

寝息が首元にかかって、くすぐったい。

そんなローニャを気遣ってか、静かな足取りで歩み寄ってくる影が一つ。

顔を上げると、僕を観察するかのような英雄オルヴィアスと目が合った。彼は明らかに、ローニャに気がある。僕が恋敵かどうかを見極めようとしているのかもしれない。

「部屋。用意してくれる？」

僕は肩に凭《もた》れて寝ているローニャを起こさないように、指で差しつつ囁《ささや》き声で問う。

頷《うなず》いた英雄オルヴィアスが腕を伸ばしてきたから、僕は反射的に止めた。

「僕が運ぶよ」

「いや、俺が運びたい」

僕としては、英雄オルヴィアスにローニャを取られたくない気持ちがあって、それを却下したかった。だけれど、僕は恋敵認定されたくないばっかりに、ローニャを預《あず》けてしまった。

僕にはローニャを想う気持ちがある。けれどそれを認めてしまいたくない気持ちもあって、僕は引き下がった。

軽々と運ばれていくローニャを見送った僕は、嫌な気持ちに陥《おちい》る。それは彼に対する嫉妬《しっと》なのか、それとも小さいままに留めたい想いが反発しているのか。僕にはまだわからなかった。

4　幸せそうな笑顔。

心地よい振動に、私は抱えられて運ばれているのだと、浅い眠りの中で理解した。シュナイダーに、ワガママでお姫様抱っこをしてもらったことがある。それに、シゼさんとセナさんにもお姫様抱っこされたことがあった。今回もきっとセナさんが運んでくれているのだろう。

目を覚ました私は、顔を上げた。

「セナさ……ん!?」

目の前にあったのは、セナさんではなく、オルヴィアス様の美しいお顔だ。

「お、オルヴィアス様っ」

「今、客室に運ぶところだ」

なんてこと！

私はさっきまでセナさんのもふもふにじゃれていた気がするのに、夢だったのだろうか。

呆然としていると、廊下に下ろされた。オルヴィアス様がすぐ近くの扉を開く。客室だ。壁際に半円の天蓋《てんがい》付きベッドが置いてある。

せっかく案内してもらったのだし、しっかり休ませてもらおう。

私はお礼を言おうと隣に立つオルヴィアス様を見上げる。けれど、手を引かれて一緒に室内へ入り、そのままベッドに座らされた。

「本当にすまなかった……ローニャ」

「え、どうしたのですか？　立ってください」

「そなたにも……苦しんでほしくないんだ」

私の前で膝をついたオルヴィアス様が言う。

「前世の記憶があると話していただろう。どんな人生だったかは知らないが、その分の不幸も味わってしまったのでは？」

夢か現実か定かでないけれど、セナさんと同じように、心配してくれているらしい。

私は微笑みを返す。

「今のところ、前世のことまでは影響しないみたいですから、そんなに謝らないでください」

「……聞いてもいいだろうか？　前世はどんな人生だったのか」

オルヴィアス様は立ち上がってベッド脇の椅子に腰かけると、そう切り出した。

「どんな人生か……ですか。鮮明に覚えてはいないのです。ただ、お稽古《けいこ》などでせわしなかった日々と似ていて……私はその、過労で倒れてそのまま……」

楽しい話ではないので、つい顔を俯《うつむ》かせてしまう。

「だから、今世はまったりした人生を送りたいと願っていました。貴族令嬢をやめて、今はそれが叶っています」

今の生活を思い浮かべると、自然と笑みが零《こぼ》れた。

「そうだったのか……まったりした時間を過ごすそなたは本当に……愛おしい」

頬に手を添えられ、額にそっと口付けをされる。

額を押さえて頬が赤らむのを感じていると、それに気付いたらしいオルヴィアス様が嬉しそうに微笑んだ。

「その顔……少しは俺にときめいてくれていると思ってもいいのか？」

覗き込んできた星の瞬《またた》く藍色の瞳が美しい。

「ちょっと」

そこで聞こえてきた第三者の声に、私は反射的に身を引いた。

顔を向ければ、開いたままの扉に寄りかかって立つセナさんがいる。

「休ませてって言ったのはそっちじゃなかった？」

「……ああ、すまない」

ちょっと苛立った声でセナさんが言うと、オルヴィアス様は立ち上がりそのまま扉の方へ歩き出そうとした。

「でも待ってくれ。やはりこのままそなたに任せては負担が大きすぎる。いつ前世のことにまで影響が及ぶかもわからない。俺が代わろう」

「オルヴィアス様ならすぐにできるようになるでしょうが……同じ魔力で呪いを解く方がルナテオーラ様の負担も軽くなります。このまま私が行《おこな》った方がいいのです」

「そういうことだから、早く休ませる。ローニャ、僕は隣の部屋にいるから、辛かったら言いなよ」

セナさんは立ち止まったままのオルヴィアス様の背中を押しやって部屋から出した。心遣いに感謝して、私は「はい」と返事をする。

その夜はそのまま、休ませてもらった。

呪いの影響を受けていたことが嘘のように、穏やかに眠ることができた。

翌朝用意していただいた朝食は、ふわっと口の中で溶けるような甘いフレンチトーストだった。

　朝の支度を終えると、ルナテオーラ様の部屋に向かう。

　扉に手を伸ばしたところで、中からオスティクルス様が出てきた。ずっとおそばにいたのでしょう。

「おはようございます。ルナテオーラ様の具合は……？」

「そなたのおかげで幾分か楽になったと言っている、ありがとう」

「よかった……あと少しです。必ず取り除きます」

「……」

　静かに頷《うなず》いたオスティクルス様は、このまま部屋の前で警護をするらしい。私は会釈《えしゃく》をしてから、中に入らせてもらう。

「ローニャ。おはよう」

「ルナテオーラ様……！」

　ルナテオーラ様は、ベッドの上に起き上がっていた。

　微笑みを浮かべるそのお姿は無理をしていないようには見えたけれど、慌てて駆け寄って横になるよう促す。

「はい、ローニャ先生の言う通りにします」

おかしそうにそう言って、素直に従ってくれるルナテオーラ様は、本当に元気を取り戻せたみたいだ。けれども、呪いはまだ残っている。あの不幸の痛みを、今でも感じているはず。

「ルナテオーラ様は……本当にお強いですね」

剣術よりも弓術の方が得意だと言うルナテオーラ様は身体的にも強いけれど、精神的にも強い。さすがは一国の女王様と言うべきだろうか。

「あなたも強いわ、ローニャ」

褒《ほ》められて、私は笑みを零《こぼ》した。

「では、始めます」

「ええ、お願い」

右腕の呪いを解くため、横たわるルナテオーラ様に触れる。

ズキン、と走る不幸の痛み。

かつての私が脳裏を過《よぎ》る。鮮明ではないものの、それは前世の私だ。

苦しいばかりの時間に、幸せな時間がちょこんとあるだけ。そんな人生。眩暈《めまい》に襲われて倒れ、死を覚悟した瞬間。

私は息が止まってしまい、思わずルナテオーラ様から手を離した。深呼吸をする。

「ローニャ……どうしたの？」

「……いえ……」

今のは、前世の痛みだ。

ルナテオーラ様は、私に前世の記憶があることは知らない。

余計な心配をかけまいと、私は曖昧《あいまい》に微笑んだ。

ルナテオーラ様の右腕を撫《な》でる。なめらかな肌に、刻まれた黒い模様。それを拭《ぬぐ》いながら、魔力を込めた。

苦痛を感じるけれど、涙が流れるほどではない。おかげで、軽く目を閉じているだけのルナテオーラ様に悟られずに済んだ。

あと少し。あと少しだ。そう言い聞かせながら、耐えた。

静かに時間が過ぎていく。

ルナテオーラ様の右腕の手首まで、模様を消し去った。掌《てのひら》を返してみても、黒い薔《ば》薇《ら》はない。

「ありがとう、ローニャ」

ルナテオーラ様と目を合わせれば、美しい微笑みを向けられた。

その様子に痛みから解放されたのだとわかり、笑みが零《こぼ》れる。

「よかったです！　本当に、よかったです！」

ルナテオーラ様がベッドの上に起き上がった。

「オスティクルス様をお呼びしますね」

「その前に着替えたいわ」

「あ、私で良ければ、お手伝いします」

この部屋には今、私達二人しかいない。手伝いを買って出たけれど、ルナテオーラ様は首を横に振った。

「貴族をやめたとは言え、救ってくれたあなたに侍女の代わりはさせられないわ」

そんなこと気にしなくてもいいのに。お一人で何かするには、まだ体力がないのではないだろうか。

心配して様子を見ていると、「それとも見ていたい？　わたくしの着替え」とからかってきた。

お、恐れ多い……

私は深々と頭を下げてから、ルナテオーラ様の寝室を出た。

「オスティクルス様。呪いは完全に払拭できました」

「……感謝する」

部屋の前で待機していたオスティクルス様がすぐに中へ入ろうとするので、一応着替え中であることを伝えておく。オスティクルス様は無言で頷《うなず》くと部屋に入っていった。

私はオルヴィアス様にも報告しようと宮殿内を探したけれど、見付けられなかった。

「終わったの？」

代わりに会ったのは、庭園にいたセナさんだ。

「はい、終わりました！」

笑顔で答えると、「そう、よかったね」とセナさんが私の頭を撫《な》でる。

人間の姿で微笑みながら撫《な》でてくれるので、ちょっと変な感じだ。

なんだろう、この気持ち。もふもふが、恋しいのでしょうか。うん、そうね。せっかくならもふもふで撫《な》で撫《な》でしてほしい。お願いしてみようか。ご褒美にもふもふさせてください。セナさんなら、快く承諾してくれるだろう。

「あれかい？　この国の女王」

セナさんの視線が外れる。

振り返れば、白のマーメイドドレスに身を包んだルナテオーラ様が、オスティクルス様と腕を組んで佇《たたず》んでいた。私を手招いている。

「はい、ルナテオーラ女王陛下です。ちょっと行ってきますね」

セナさんの問いに答えてから、ルナテオーラ様のもとに行く。

「あの殿方は？」

「最強の傭兵団と謳《うた》われている獣人傭兵団の一員、セナさんです。私の友人でして、ラクレインと共に心配して来てくれたのです」

「あらまぁ、そうなの。ヴィアスに頼んであなたを連れてきてもらったけれど、心配をかけてしまったのね。ごめんなさい。一緒に謁見《えっけん》の間に来てくださるかしら」

歩き出したお二人を見送ると、私はセナさんのところに戻って用件を伝えた。

「僕としては用が済んだなら帰りたいんだけれど、女王サマがお呼びなら行くしかないよね」

「あの……」

「大丈夫だよ、ローニャ。僕はリュセやチセみたいに無礼はしないから」

「……はい」

リュセさんのような必要以上に友好的な態度は、オスティクルス様を怒らせてしまうだろう。

ほっとして、私は謁見《えっけん》の間にセナさんを案内した。

「セナさん、私のためにありがとうございます」

「いいんだよ。問題は……これからだけれどね」

「問題？」

セナさんの言葉が返ってくる前に、到着してしまう。

微笑みを浮かべて玉座に座るルナテオーラ様は、いつもの彼女だ。

「わたくしのためにありがとう、ローニャ」

そう声をかけてくださる。オルヴィアス様も入ってきた。

「ヴィアスを介して会いたいって伝えたはずなのに、なかなか来ないから本当は嫌われていたのかと心配していたところだったのよ」

頬に手を当てて、大げさに悲しげな表情を作るルナテオーラ様。

「申し訳ございません。私は伯爵家を勘当された身ですので、オルヴィアス様からお話をいただいた時、すぐに返事ができなかったのです」

私は貴族令嬢時代に染み付いたお辞儀を返した。

「ルナテオーラ様にはよくしていただいた恩もありましたが、貴族令嬢でもない私がここに来るのはどうかと思いまして……」

「嫌だわ、そんなに自分を卑下《ひげ》しないで。会えて嬉しいわ。わたくしの娘と息子も会いたがっていたけれど、あいにく不在なの。残念がるわ」

「嬉しいお言葉です。皆様お変わりありませんか？」

「ええ、元気よ。そうだわ、あの子達が帰ってくるまで滞在していてはどうかしら？」

パン、と両手を合わせたルナテオーラ様が提案するけれど、私は笑みを崩すことなく、断るために口を開く。

「そうしたいのは山々なのですが、今私は喫茶店を経営しておりまして」

「あら、そうなの？　では仕事の邪魔をしてしまったのね。つまり自立した生活を送っているのかしら。もっと聞きたいところだけれど、先に一つ尋ねてもいいかしら？」

私の今の生活について、オルヴィアス様は伏せてくれていたみたい。

……改まって何を聞かれるのだろうか。

「あなたが精霊オリフェドートの森を救ったと風の噂で聞いたのだけれど、事実かしら？」

「！」

二年前に悪魔の襲撃から守った時のことだろう。オリフェドート達には伏せるように頼んでいたけれど、またお酒の勢いで口にしたのかもしれない。自慢してくれたのかも。

我が友に救われたことがある、とか。

「……」

精霊の森を救ったことは、偉業だ。それはわかっている。けれどその事実は家族の更なる期待をあおるだけだと思い、黙ってもらうことにしていた。シュナイダーを含む仲の良い友人には話していたけれど、公《おおやけ》にはしていなかった。

女王陛下相手に、嘘はつけない。しかし、白状することも躊躇《ちゅうちょ》してしまう。

「ローニャ?」

ルナテオーラ様は微笑んでいるけれど、答えを急かされる。

「……事実です、ルナテオーラ様。二年前の話です」

「あら。なぜ二年もの間、黙っていたのかしら?」

「それは……恥ずかしながら、家族に知られたら……」

一度は顔を上げたけれど、私はまた俯《うつむ》いて言葉を止めてしまう。

「あの冷たい家族に知られたら……?」

ルナテオーラ様が、続きを促す。

「今以上の実績を求められると思い、精霊オリフェドート達に伏せてもらった次第です」

謁見《えっけん》の間に沈黙が落ちた。

「……なるほど、公《おおやけ》にしない理由はわかったわ。本当にガヴィーゼラ伯爵家には困ったものね……実の娘をこんなにも苦しめるなんて」

「……」

視線を落としたまま、沈黙を守る。家族について他に言うことはない。

「あなたがその偉業を隠したい、ということならわたくし達も黙っているわ。本当は噂が事実だったなら、この国にいてもらおうと考えていたの。世界に賞賛されるべきだわ。けれど、あなたは望んでいないのね？」

「その通りです、ルナテオーラ様。誠に勝手で申し訳ありません」

深く頭を下げると「顔を上げて、こっちに来て」と言われた。その言葉に従ってルナテオーラ様の目の前まで進むと、手を握り締められる。

「でも覚えておいてほしいの。我が国はいつでもあなたを歓迎するということを。その偉業がなくても、そして今回の件がなくても、あなたの居場所は用意してあげるわ」

「ルナテオーラ様……」

「わたくし、あなたが大好きなのよ」

「……光栄です」

瞳が潤《うる》む。

そんな私の頬を摘《つま》み、ルナテオーラ様は無邪気に笑いかけてくれた。

「わたくしの呪いを解いてくれた件も伏せさせていただくわ。黒いジンに不覚を取ったなんて、他国にもこの国の住民にも知られたくないの。ごめんなさいね」

「いえ、私もその方が都合がいいです」

「そう？　わたくしとしては褒美をあげたいわ。宝石を一抱えなんてどうかしら？」

「ありがたく受け取りたいのですが、宝の持ち腐れとなってしまいます」

「もう……ローニャったら。でもなんだか……貴族令嬢だった頃よりも、幸せそうな笑顔ね」

ルナテオーラ様が、少女のようにむくれた顔をなさる。

それに笑い返そうとした次の瞬間、ぞくぞくと背筋に悪寒が走った。

悪魔に似た気配。闇の怪物に対して感じたものと酷似していた。

「また黒いジンが侵入しました！」

警備部隊員らしきエルフが数人、その報《しら》せを持って駆け込んできた。

悪魔の創造物、黒いジンが再び現れたのか。

オルヴィアス様とオスティクルス様が、素早く剣を抜く。謁見《えっけん》の間の扉付近に立っていたセナさんも、大きく飛び退《の》いて戦闘態勢に入った。私も、ルナテオーラ様を守るように立つ。

「あらあら。また来たの？　今度は何の用かしら？　真っ黒なジンさん」

ルナテオーラ様が、威圧的に言い放ち、微笑んだ。

黒いジンはその名の通り、真っ黒だった。黒い闇が人型を取ったような。うっすらと腕に薔薇《ばら》の模様が視認できた。

男性のような身体つきをした黒いジンは怒ったような表情をしているように見える。きっと、呪いをかけたはずのルナテオーラ様が悠然と玉座に座っているからだろう。

「来てくれてありがとう。おかげであなたを消滅させられるわ」

ルナテオーラ様がその言葉を放つと、オルヴィアス様が弾丸のように黒いジンとの間合いを詰めた。

目にも留まらない速さで剣が振られる。

しかし、それが当たる前に黒い身体は煙のように実体を失った。そして、その煙は真っ直ぐにルナテオーラ様の方へ向かってくる。

黒い煙の行く手を阻《はば》もうと、セナさんが立ちはだかった。

それを見て、私は慌てて呼びかける。

「だめですセナさん！　直接触れては呪いを受けます！」

「っ！」

セナさんは間一髪、バク転して煙を避けた。

その間に、オスティクルス様が動く。

「二度も同じ手は食わん」

オスティクルス様は剣に光をまとわせて、煙を両断した。

光は悪魔に効果的だ。悪魔の生んだ黒いジンにも有効なはず。

ダメージを与えられたようで、人型の黒いジンが床に転がった。

休む暇を与えず、オルヴィアス様が光る宝剣を振って、首を切り落としにかかる。

それをかろうじて躱《かわ》した黒いジンが、庭園の方へ飛んでいった。

オルヴィアス様とセナさんがそれを素早く追いかけていく。

「行きましょう」

ルナテオーラ様は、オスティクルス様の手を取ると、私にも手を差し出してきた。反射的にその手を握って、一緒に庭園へ向かう。

セナさんに追い付くと、庭園が半球状の白いベールに覆《おお》われていることがわかった。警備部隊が光の結界を張って、黒いジンを封じ込めたのだろう。

逃げ場を失った黒いジンとオルヴィアス様の対決は、そう長くはかからなかった。なんといっても、数々の戦争で勝利を収めてきた英雄だ。

結界の際《きわ》まで追い詰められた黒いジンの首が刎《は》ねられる。

黒いジンが消滅し、悪寒も消えてなくなった。固唾《かたず》を呑んで見守っていた私も、肩の力を抜く。

「これで一件落着ね」

ルナテオーラ様は、そう明るく言った。

「でも、黒いジンの目的は……」

「それは悪魔を追っているわたくしの子が調べてくれるはずよ」

あ、ルナテオーラ様のご子息とご息女は、悪魔の行方を追っていたのね。

「巻き込んでごめんなさいね、それから本当にありがとう。褒美は気が変わったら言ってちょうだい。あとは……口止めね」

ルナテオーラ様の藍色の瞳が、セナさんに向けられる。

「必要ありません。このことは秘密にしますよ」

意外なことにセナさんも、対価を受け取らなかった。冒険の時には目をキラリと光らせていたのに。

「僕とローニャはもう帰ってもよろしいでしょうか？」

「うふふ。ゆっくりしていってほしいけれど、残念ね。いいわ」

恭《うやうや》しくこうべを垂れるセナさんに、ルナテオーラ様が帰る許可を出してくれる。

私もセナさんも仕事があるから、帰らなくては。

「またお会いできて嬉しかったです、ルナテオーラ様、オスティクルス様」

私は、お二人に淑女《しゅくじょ》の礼をした。

「オルヴィアス様も」

「……ああ」

オルヴィアス様にも礼をして、セナさんと肩を並べる。手を振るルナテオーラ様に微笑みを返して、カツンと踵《かかと》を踏み鳴らした。

移動魔法で帰ってきた私のまったり喫茶店は、夕日で赤く染まっている。

「セナさん、お付き合いいただきありがとうございました」

セナさんに改めてお礼を言うと、ポンと頭を撫《な》でられた。

「疲れたでしょ？　もう休みなよ。なんなら明日も休店にしたら？」

「いえ、今日はそれほど疲れていませんので、大丈夫です」

「本当かい？」

むに。左頬を摘《つま》まれる。

無理はしていないと、摘《つま》まれた頬はそのままに微笑んだ。

「明日は牛のステーキを用意すると皆さんにお伝えください」

「わかった。じゃあね」

「はい、また明日お会いしましょう」

店を出ていくセナさんを見送り、一人になったところで、ほっと息をつく。

「……よし！　明日の準備をしましょう」

パンパンと手を鳴らして、妖精ロトを呼び出した。

コロンコロンと転がって登場した先頭のロトが決めポーズをしていたけれど、後ろから転がってきた仲間とぶつかり、またコロンと転ぶ。

そんな愛くるしい妖精さん達を見下ろして、ふふっと笑ってしまう。

「明日の準備を手伝ってくれますか？」

「あーいっ！」


翌朝、店を開けると普段通り常連さんが訪れる。

「やっとローニャちゃんのコーヒーが飲めて嬉しいよ」

「突然お休みして申し訳ありませんでした」

「いいんだよ。急用が入ることなんて、誰にでもあるさ」

コーヒーやケーキを楽しみにしてくれる常連さんに謝罪をすれば、温かな笑みを返してくれたので、安心する。

忙しい昼を乗り越えたあとは、昨夜ロト達と一緒に仕込んだ牛肉を出す。

そろそろ来てくれる頃だ。

そう思っていれば、カランカランとベルを鳴らして白いドアが開く。もふもふ傭兵団の皆さんだ。

「いらっしゃいませ」

私はルナテオーラ様が幸せそうと言ってくれた笑顔で、彼らを迎えた。

第4章 ❖ 流浪《るろう》の魔法使い。

1　定休日。

今日は、まったり喫茶店の定休日。

いつも通りの時間に起きた私は、たくさんの小さな花を散らしたデザインのドレスに着替えた。水色がかった白銀の髪は、リボンで緩い三つ編みにして右側に垂らす。

蓮華《れんげ》の妖精ロト達と楽しく朝食作りをしていたら、カランカランと白いドアのベルが鳴った。

「……まぁ！」

驚きで目を見開く。

シュナイダーが来たからもしかしてとは思っていたけれど、大好きな二人を前に、思わず笑みが零《こぼ》れた。

そこに立っていたのは、小柄な少女。ヒールを履いていても、私より背が低い。薄い桃色のドレスには、フリルとリボンがふんだんにあしらわれている。毛先を軽くカールさせ高い位置で結んだ艶《つや》やかな白金の髪と、強い意志をうかがわせるやや吊り上がった水色の瞳。

レクシー・ベケット、私の親友だ。

レクシーの斜め後ろに立っているのは、身なりのよい少年。小柄なレクシーと並ぶと背が高く見えるけれど、私よりちょっと大きいくらい。サラサラの長い金髪は青いリボンで束ねられている。翡翠《ひすい》色の瞳を細めて、優しく微笑む。

ヘンゼル・ライリー、彼も親しい友人。

そのさらに後ろには、レクシーの二人の護衛が立っている。

「レクシー！　ヘンゼル！　久しぶり！」

私は両腕を広げて、ハグをしようとした。

「何が久しぶり、よ！」

ドアの前に立ったまま、レクシーがぴしゃりと言う。

「いきなり手紙だけ残して出ていくなんてどういうことなの、ローニャ⁉　どれだけ心配したと思っているのよ！　ラクレインは逃げるし、精霊の森には入れないし、手紙は一方的！　あなた、わたくし達を心配で殺す気なの⁉」

癇癪《かんしゃく》を起こして手を上げるのは彼女の悪い癖だけれど、兄のように刺々《とげとげ》しくないし、私のことを想ってくれているのは知っている。手が振り下ろされる前に抱き締めた。

「心配してくれてありがとう、レクシー。会えて嬉しいわ」

「っ！　……バカ！」

涙声のレクシーも、抱き締め返してくれる。懐かしい温もりに、ほっとした。

視線をずらして、ヘンゼルと目を合わせる。彼は翡翠《ひすい》の瞳を濡らしていた。

「元気そうでよかった……ローニャ嬢」

「ヘンゼルも元気そうでよかったわ。ありがとう」

右手を伸ばせば、ヘンゼルがその手を握ってくれる。しばし親友との再会の喜びに浸った。

「朝食は済ませただろうから、一緒にケーキとコーヒーでもいかが？」

「……グスン」

「ぜひいただくよ」

レクシーは洟《はな》を啜《すす》りながらもカウンター席に向かう。

元気よく頷《うなず》いたヘンゼルが彼女のために椅子を引いた。

レクシーの護衛の二人のことは、あまり気にかけなくていいそうだ。せめてコーヒーだけでもと、キッチンに入って四人分を用意する。

突然の訪問者に驚いて隠れていた妖精ロト達は、顔見知りだとわかるとその姿を現した。

「やぁ、妖精ロトの皆」

「ご機嫌よう」

ヘンゼルとレクシーが声をかける。お辞儀をしようとしたロト達は、頭の重みでコロリと転がった。

「二層チョコレートケーキにする?」

「いただくわ」

「いいね！　ぜひもらうよ」

チョコレートケーキとコーヒーを渡す。私は朝食のコーンフレーク、ロト達には、ホットケーキ。旬のミックスベリーソースを添えた。

「いやぁ、素敵な喫茶店だね」

「ありがとう、ヘンゼル」

コーヒーカップを持って、店内を見回したヘンゼルが褒《ほ》めてくれる。

その隣のレクシーの眼差《まなざ》しは厳しいものだった。

「聞いたわよ。あなた、前々からヘンゼルに喫茶店の経営について尋ねていたそうじゃない。前もって計画をしていたのでしょう？」

「……」

レクシーの追及を受けてヘンゼルに目をやると、彼はしゅんと俯《うつむ》いてコーヒーを啜《すす》る。

「それならそうと、わたくし達に相談すればよかったじゃない！　なんで打ち明けてくれなかったの!?　シュナイダーのバカを捨てて学園からも家からも出ていく決意をしたと、教えてくれてもよかったじゃない！」

……レクシーの言う通りかもしれない。

本当の友だちだと認めているならば、なおさら。

「ごめんなさい、レクシー。本当に。ヘンゼルもごめんなさい」

「あ、いや、僕の方こそすまない。気付いてあげられなくて……君が偽りの断罪をされた日もそばにいなかった……本当にごめん、ローニャ嬢」

「いいえ、相談しなかった私が悪いの。謝らないで、ヘンゼル」

コーンフレークを食べていた手を止めて、頭を下げる。

「二人にも本当に心配をかけてしまってごめんなさい」

「そうよ！　手紙で事後報告なんて！　わたくし達をなんだと思っているの！」

「大事なお友だち」

「なら……！」

「まぁまぁ、レクシー嬢、落ち着いて。このケーキ、美味しいよ？」

「ヘンゼルっ……」

ケーキを口にしたヘンゼルが、レクシーを宥《なだ》めた。いつもならそれでも収まらない彼女にしては珍しく、怒りを呑み込んでしまう。

「いいの、鬱憤《うっぷん》を晴らしてレクシー」

「……はぁ」

もっと激しく怒鳴られるかと思っていたのに、もう声を荒らげることはしないみたいだ。大人しくケーキを一口食べて「美味しいわ」と言ってくれる。

「単刀直入に聞くわ、ローニャ。戻ってくる気はあるの？」

レクシーの問いに、私はコーヒーを一口飲んでから口を開いた。

「ないわ」

「……」

「貴族令嬢に戻るつもりも、学園に戻るつもりもないの。オリフェドート達の力を借りて、ここでまったりと喫茶店を経営して、生活するつもり。私はここにいる」

もう決めたのである。

ここに根付く。ゆっくりと幸せな時間を過ごす。

ちょうど目に入った砂時計のように。

ひっくり返せば、キラキラとエメラルドやペリドットの輝きをまとった砂がサラサラと落ちて、積もっていく。

「……そう、ローニャの意志はわかったわ。あなたの安否とその意志を確認したかったの」

ケーキを口に運んだレクシーが俯《うつむ》けていた顔を上げた。

「残る問題は、あの女をどうするかってことよね」

にやり、と不敵に笑う。

「どう料理してやろうかしら……」

「ミサノ嬢のことを言っているの？」

「他に憎い女がいる？　あの泥棒猫にどんな仕返しをしてやろうかしら」

私は呆れて、黒い笑みを浮かべるレクシーの腕に手をかけた。

「だめよ、レクシー。私のことを考えてくれるのは嬉しいけれど」

「だめじゃないわ、ローニャ。他人の婚約者を奪うとどうなるか、思い知らせなくちゃ」

「やめて、レクシー」

「誰かが報いを受けさせなくちゃいけないのよ！」

譲れないとばかりにレクシーが声を上げる。

私は、はぁと息をついた。

「レクシー。あのね。シュナイダーとミサノ嬢は結ばれる運命にあったの」

「っ……！　まさか、ローニャ嬢。そう思って身を引いたのかい？」

「ええ」

驚いた様子のヘンゼルが危うくコーヒーを零《こぼ》しそうになる。

「今まで黙っていたけれど……、私には前世の記憶があるの」

「え？　前世だって？」

「……」

ヘンゼルが身を乗り出した。

レクシーは難しそうな表情をしている。

「すごく奇怪に聞こえると思うけれど、本当なの。私が前世で読んでいた物語はね、ミサノ嬢が主人公《ヒロイン》の小説。悪役令嬢ローニャから、シュナイダーを奪ってハッピーエンドを迎える、そんな話だった。だから私はね、知っていたの」

そっとコーヒーカップを置く。

瞼《まぶた》の裏に浮かぶのは、シュナイダーと出会った時のこと。

共に愛を育《はぐく》もうと、手を差し伸べてくれた。

希望が芽生えた瞬間。

「シュナイダーには他に結ばれるべき人がいると知りながら、私は……シュナイダーを好きになってしまった」

胸の傷が、疼《うず》くのを感じた。

「違う展開があると信じてしまったの。私のハッピーエンドがあると信じていたかった。だから、令嬢をやめなかったわ。でも……シュナイダーはミサノ嬢と親しくなってしまって、小説と同じ……運命は変わらないのだと思い知ったの」

黒いコーヒーに映る私の顔は、悲しんでいるように見える。

こんな表情をしていては、二人が胸を痛めてしまう。

「だから、私は逃げ出したの。事前に相談できなくてごめんなさい。誰にも悟られないように、お祖父様《じいさま》とラーモ、そしてオリフェドート達だけに話して行動した。今では念願だったまったりした生活が叶って、充実した日々を過ごせているわ」

強がりではなく本心から、にっこりと微笑んだ。

二人は口を開かない。

　前世の記憶があって、しかも前世ではここは小説の世界だったなんて話を突然されても、やはり信じてはもらえないだろうか。

　しばらくして、辛そうな表情をしたヘンゼルが口を開いた。

「なおさらっ……！　なおさら、シュナイダーと結ばれたかったんじゃないのかい？　君はシュナイダーへの愛で苦しい日々に耐えてきたのだろう？　それほど強い愛を、どうしてっ……！」

　今にも涙が零《こぼ》れ落ちてしまいそうなヘンゼルは、私の話を信じて、そして私の気持ちを想像してくれたのだろう。

　せわしない日々の中で私がしがみ付いていた、シュナイダーへの想いや未来への希望。つられて私まで泣いてしまいそうだ。

「時には手放すのも、愛と言うでしょう？」

　涙を堪《こら》えて、笑みを保つ。

「シュナイダーとミサノ嬢は略奪愛という形になってしまうけれど、運命なのよ。だから……」

「だぁかぁらぁ？」

　気付けば、レクシーはワナワナと震えていた。

「小説が運命だって、神様が言っていたの？　たとえそうだとしても、運命なんて自分で切り開くものでしょう!?　自分で変えてもいいのよ!!」

「レクシーならそう言うと思ったわ」

強い口調のレクシーを前に、私はのほほんとコーヒーを啜《すす》る。

「つまり、運命を変えることをあえて選ばなかったのね」

「どういうことだい？」

コーヒーのカップを手に首を傾げるヘンゼルをちらりと見やり、レクシーが言葉を繋いだ。

「小説と同じ出来事って、あれかしら？　ミサノ嬢の言うローニャからの嫌がらせ。あれを全力で阻止していなかった時点で、あなたはシュナイダーを諦めていたんでしょう？　あの二人のために、わざと運命とやらの通りにことを運ばせて逃げ出したのでしょう？」

「……」

私が何も言わないとわかると、レクシーが再び口を開く。

「わたくし達に相談すれば止められると思って、手紙で事後報告をした」

「だから、謝ったでしょう？」

「はぁ……もういいわ」

レクシーはコーヒーに手を伸ばした。

「あの学園で成績一位を保つような優秀な生徒を二度も逃すなんてね」

「二度？」

ヘンゼルがレクシーの横顔を見る。

「聞いたことあるでしょう？　学年一位の成績で、卒業後には城の魔導師になる資格を持っていたのに、卒業式をぶち壊して逃亡した生徒のこと。名前はなんだったかしら。学園側は彼をいなかったことにしたけれど、相当な天才だったそうよ」

「グレイティア様に並ぶ才能だったかもしれないって教師が嘆いていたね」

「ああ、確か……オズベル様、でしょう？」

私も彼の噂は聞いていたから、記憶にある。

彼の卒業式のあと、社交界ではその話で持ちきりだった。ニーソン男爵家の養子がエリート学園で盛大にやらかした、と。

「巨大なドラゴンを召喚し、卒業式の会場を爆発させて立ち去った。ローニャもこれくらいやってもよかったんじゃない？」

「私は別に学園に恨みがあるわけではないわ」

先ほど引っ込めたはずの黒い笑みを再び浮かべるレクシーに、私は首を振って答えた。

つまらなそうな顔をした彼女に、ヘンゼルが声をかける。

「……そういえば、レクシー嬢。授業は大丈夫かい？」

「ああもう！　まだ話し足りないのに！」

「行って、レクシー。私はここにいるから」

「むぅ」

最後の一口を食べ終えると、むくれつつも立ち上がった。

「それじゃあ、わたくしは先にドロンさせてもらうわ！」

「ドロン？」

「そう、ドロンよ！」

胸を張って腕を組んだレクシーの両隣に、奥のテーブルに待機していた二人が並ぶ。

その一人が、掌《てのひら》に収まるほどの大きさの玉を取り出した。かと思えば、それを床に叩き付ける。

ボンと白い煙が立ちのぼり、三人を呑み込んだ。次にはつむじ風が起きて、煙と共に跡形もなく消える。

「どの辺がドロン……？」

「ドロンって効果音が鳴るはず、だったんじゃないかしら」

私はクスクスと笑いながら、遠く薄れた前世の記憶を思い出す。

レクシーはご両親の仕事の都合で、外国へ行くことが多い。きっと留学先のどこかで仕入れた魔法道具だったのだろう。

「ヘンゼルは授業はないの？」

「午前はないんだ！　だから……ローニャ嬢さえ時間が空いているなら、街を案内してほしいな。デートなんてどうかな？　なーんて」

無邪気に笑いかけられて、私も笑みを返す。

「ただのローニャでいいわ。そうね。デート、しましょう？」

「……っうん！」

以前なら、デートなんて表現はしなかった。婚約者がいたもの。お茶に誘われてもシュナイダーに誤解されないようにと、二人っきりは避けた。

だから、ヘンゼルと二人で出かけるのは初めてに等しかった。新鮮だ。

片付けをしたかったので、ヘンゼルには少し待ってもらう。手伝いをしてくれたロト達を見送って、出かける準備も整った。

「お待たせ、ヘンゼル。行きましょう。ドムスカーザの街を案内するわ」

「楽しみだ」

白いドアを開けてくれるヘンゼルと店を出る。

とはいえ、観光するような場所はないから、ただ市場を散歩するように歩く。それでも、ヘンゼルは興味津々に周囲を見渡していた。

彼は商人の息子で、父親の仕事を手伝ってもいる。こういう光景は好きなのだろうか。

「おや、おはよう、ローニャちゃん」

「おはようございます」

「ローニャちゃん、おはよう」

「あ、おはようございます」

見知った顔ぶれとすれ違い、挨拶《あいさつ》を交わす。

「ローニャ……すっかりこの街に馴染《なじ》んでいるんだね」

感心したようにヘンゼルが言った。

「皆さん、いい人ばかりよ。知ってる？　ここは国の最果てだけど、一番安全な街なの」

「なぜだい？」

「最強の傭兵団が守っているからなのよ」

「最強の傭兵団だって？」

驚いた反応を示してくれるヘンゼルをさらに驚かせようと続ける。

「なんと獣人族の傭兵団なの」

「獣人族だって!?　それはきっと……とても強いだろうね！」

授業で習ったから、ヘンゼルも獣人族について知っていた。超人的な怪力の持ち主の獣人傭兵団。怖い、ではなく、強そうと言ってくれるのが嬉しい。

「でもこの街の人達は恐れているの」

そっと声を潜《ひそ》めて言った。

「守ってくれるって信頼はしているみたいだけど、関わろうとしないの」

改善しそうにもないその関係に、苦笑を零《こぼ》してしまう。

「ローニャが関わっているなら、いい人達なのだろう？」

「うん。皆さん、そう言っても避けてしまって。私は彼らが大好きで、この前も一緒にトレジャーハントしてきたの」

「トレジャーハントだって？　何か収穫はあったのかい？」

「それが、すごいものを発見してね」

この前のトレジャーハントについて話していると、横から呼び止められた。

「ローニャさん、どうだい？　新鮮なベリーだよ」

果物屋さんのおじいさんだ。ベリーを勧めてくれるけれど、あいにく仕入先が決まっているのでやんわりと断った。寂しげに、おじいさんは諦めてくれる。

話を終えて周りを見回すと、ヘンゼルがいない。

「ヘンゼル？」

どこに行ってしまったのかと探していれば、後ろから名前を呼ばれた。

「よかった。はぐれてしまったのかと思ったわ」

「ちょっと買い物をしていたんだ」

「そうだったの」

再び並んで歩きながら、せっかく気心の知れた友人がそばにいるのだからと、口を開く。

「……実は、とある方からプロポーズを受けて……真剣に考えてほしいって言われてしまったの」

頭に浮かぶのは、オルヴィアス様。

「えっ……その、好き、なのかい？　その人のこと」

「……正直、苦手意識のある方なの。でも、その、アプローチに心を揺さぶられているところはあるわ」

ときめきを感じていることは、否定できない。

今も頬が赤くなってしまっているだろう。

「他にも、想いを寄せてくれている人がいるみたいで……どうしたらいいのかしら。私はまだ新しい恋をする準備ができてないし、どう応えればいいか、わからないの」

ふっと次に思い浮かべるのは、リュセさんだ。

直接好きだとは言われていないけれど、隙あらばじゃれつこうとする態度はアプローチをしているようにも思える。

「……えっとぉ」

「あら……何を持っているの？」

「！」

ふとヘンゼルに顔を向けて気が付いた。何かを背に隠している。

覗き込もうとしていたヘンゼルの背後から、ひょっこりとイケメンが顔を出し、心臓が止まりかけた。

「おっじょー！　なぁにしてるの？」

「リュセさん！　驚いた……おはようございます」

キラキラした純白の髪にスラリとモデル体型のイケメン、リュセさん。

心臓を落ち着かせようと胸を押さえて、私はにこやかに挨拶《あいさつ》をした。

2　恋敵。＊リュセ＊

今日はまったり喫茶店が休み。だから、お嬢をデートに誘おうと、まったり喫茶店に来た。

でも、お嬢は留守だった。買い物でもしてるんだろうと、とりあえず街の方へ足を向ける。いなかったら、帰るだけ。

しばらく探して、人がごった返した市場でお嬢の姿を見付けて、心が躍《おど》った。

なんだか頬を赤らめているようにも見えるお嬢の前には、ブロンドの長い髪を束ねた男。背に薔薇《ばら》の花束を隠している。

お嬢にプレゼントしようとしているのか。

恋敵だ。

そう悟って、オレはひょっこりと顔を出した。

「で。こいつ、誰？　お嬢」

お嬢の後ろに移動して肩に顎《あご》を乗せて、親しいアピールで牽制《けんせい》する。

よく見れば、まだまだ若い感じの男だった。セスくらいの歳だろう。格好は貴族の坊ちゃんが着そうな服装だ。

「あ、こちらヘンゼル。私の親しい友だちです」

「初めまして。ヘンゼル・ライリーです。以後お見知りおきを」

花束を背に隠したまま、ヘンゼルって奴は挨拶《あいさつ》をしてきた。

お嬢の言う、親しい友だちって言葉が不愉快だ。

「ヘンゼル。こちら、さっき話した獣人傭兵団の一員のリュセさん」

あっれ!? オレには親しいって付けないのかよ！

メラメラと燃える嫉妬《しっと》心を隠して、にっこり笑う。

「最強の傭兵団！　ローニャから聞きました！」

「そっか！　オレはお前のこと、お嬢から聞いてないけどな」

無邪気に目を輝かすそいつに向かって刺々《とげとげ》しく言い放つと、丸っこい目を瞬《またた》かせてヘンゼルって奴が固まった。

「あっ。私が貴族時代からの友だちなのです」

お嬢はオレの耳に手を添えて、潜《ひそ》めた声で伝えてきた。お嬢からの急接近に、キュンとする。

「へーぇ。お嬢の昔の友だちなんだ？」

「あ。そうです」

お嬢はこの前まで貴族だったことを隠していたから、昔のことについては聞いていないこともまだたくさんある。

オレはじっとヘンゼルを観察した。

「……元婚約者に続いて、会いにきたわけ？」

「はい。ローニャの無事をこの目で確認して……今、デート中です」

ヘンゼルは花束を背に隠したまま、爆弾を投下する。

「デート⁉」

オレは一度体を離して、お嬢を見た。

「オレには断っておいて、こいつとはデートすんの⁉」

「えっと……」

お嬢は困ったような笑みを浮かべて、首を傾げる。

「今、一緒にデートしましょうか？」

名案みたいに言うお嬢。

「オレはお嬢と、二人で、デートしたいのっ‼」

お嬢はやっぱり困り顔になっている。

オレはギッとヘンゼルを睨《にら》んだ。

「あー！　ローニャ店長さんだ！」

そこでお嬢を呼ぶ声がした。お嬢の店の常連客だろう。

お嬢のことを取り囲む三人の若い娘達。邪魔しないように、そっと離れた。

ついでに、ヘンゼルの襟《えり》を掴み、一緒に離れる。

「お前。その花束、なんだよ」

「えっと……これはぁ」

お嬢がきゃっきゃっと騒ぐ娘達と話している間に、問い詰めてみる。

「ローニャに、贈ろうと……」

そうポツリと白状した。

「でも、迷惑みたいだ……」

「は？　迷惑？」

ヘンゼルは眉をハの字に垂らして、力なく笑う。

「モテて困っているそうです。オレまで言い寄ったら迷惑だ……」

ちらりとローニャに目を向けるから、オレも振り返った。

「モテるのも仕方ありませんね。以前より、輝いて見える……」

姿勢よく立って、微笑みを浮かべているお嬢。オレには普段通りのお嬢に見えたが、貴族時代を知るヘンゼルにはそう見えるらしい。

今輝いて見えると言うなら、想いは余計に膨れ上がるのではないのか。

そう思ってヘンゼルに目を戻すと、恋い焦がれている、そんな表情をしていた。

「オレ……好きになってもいいかと聞こうと思っていたんです」

花束に視線を落として、ヘンゼルはそう告げた。

「ローニャには愛し合っている人がいたから、好きにならない努力をしていたんです。友だちのままでいる努力をしていたんです。友だちとしてでもいいから、そばにいたかった……」

愛し合っている人。それはこの前来た元婚約者のことだろう。

「幸せに愛し合っていたからこそ、オレは諦めることができたけれど……」

ヘンゼルは言葉を止める。

こいつは、オレがどこまで知っているかを知らない。迂闊《うかつ》に、お嬢の恋愛事情を明かさないようにしているんだろう。

「事情が変わって、オレが幸せにしたいと望んでしまいました。それって自分勝手ですよね」

ヘンゼルが自嘲するように薄く笑う。

「……自分勝手か？」

オレにはヘンゼルの言い分がよくわからない。

「オレは欲張って、一度は諦めたはずの彼女を手に入れたいとまた望んでいるんですよ」

「それの何が悪いんだよ。結局のところ、お前はお嬢が好きなんだろ。好きにならない努力なんて、嘘っぱちだ。好きになった気持ちを隠して、自分を騙《だま》していただけだろーが」

お嬢がまだ娘達と喋《しゃべ》っていることをちらりと確認して、はっきりとヘンゼルに告げる。

ただでさえ丸くて大きい瞳を、ヘンゼルはさらに大きく見開いた。それからまた力なく笑う。

「……そう、かもしれませんね。オレは……ずっと、彼女に惚れていました」

お嬢に婚約者がいた時から、オレよりも長く、恋していた。

「でも、ローニャを困らせたくはないんです。だから、オレは……想いを打ち明けるのはやめました」

「！」

「今まで通り、オレは友だちとして、そばにいます」

微笑みを浮かべたヘンゼルが顔を上げる。

「なんで……そんな簡単に諦められるんだよ……」

理解ができなかった。

この想いを諦めるなんて、オレには無理そうだ。

長く想っていた方が偉いとかすごいとか、そうは思わないけれども。その分の大きさとか重さがあるんじゃないのか。そんなヘンゼルが、どうして隠し通すことができるのか。

「簡単……ではないですよ」

ヘンゼルは苦笑して頬を掻くと、オレを見上げた。

「あ、これはオレとあなたの秘密です。リュセさんは頑張ってくださいね」

「！」

「彼女を想っているなら、あなたが幸せにする気で頑張ってください」

そう、声を潜《ひそ》めてウインクする。

「お待たせしてすみません。ヘンゼル、リュセさん」

お嬢が、こっちに来た。話は終わったようだ。

いつの間にか、娘達はいなくなっていた。

「ローニャ。これ、遅くなったけれど……開店祝いにどうぞ」

「まぁ！　ありがとう、ヘンゼル」

思わず緊張で固まるオレだったが、ヘンゼルは笑顔で薔薇《ばら》の花束を差し出す。開店祝いとは、うまい口実だ。

お嬢は喜んでそれを受け取った。

「言っただろ？　君のコーヒーなら、お金を払ってでも飲みたいって。繁盛しているようでよかったよ！」

「ありがとう、ヘンゼル」

お嬢がとびっきりの笑顔を向ける。

ヘンゼルは眩しそうに目を細めた。

「じゃあオレはこれで失礼するよ。授業に遅れちゃう」

「そうね、遅れたら大変よね。会えてよかったわ、ヘンゼル」

「オレもだよ、ローニャ。また店に行くよ。今度は客としてね。あ、リュセさんも、また会いましょう」

「おう」

ヘンゼルの呼びかけに、反射的に返事をする。

ヘンゼルは手を振ると、人混みの中に消えていった。

残ったのはオレとお嬢と、真っ赤な薔薇《ばら》の花束。

「んー」

お嬢が薔薇《ばら》の匂いを嗅《か》ぐ。深く息をつくと、オレを見上げた。

「デートしますか？」

冗談交じりに笑いかけてきたけど、オレはあまり気乗りしない。

「また今度しようぜ」

にぃっと笑い返す。お嬢は「そうですか」と頷《うなず》いた。

そんなお嬢を、店まで送る。

オレは一人、家に向かって歩きながら、ヘンゼルとのやり取りを思い返した。

「――幸せにする、かぁ……」

考えたこともない。

オレはただ、お嬢に夢中で恋をしている。じゃれたいだけ。それって、オレの想いが足りないのだろうか。……まだ、オレの想いは未熟なのかもしれない。

そんな風に考えてしまうと、せっかくのお嬢とのデートも楽しめそうになかった。

「……好きなら」

幸せにしたい、って思うのが自然だろ。

オレはちょっとの間、考えに耽《ふけ》ることにした。

3　オッドアイの魔法使い。

親友達と再会できた嬉しい日の翌日。

開店後は、いつも通りの時間を過ごした。

午前中は目まぐるしくお客さんが入れ替わり、ケーキやコーヒーの注文を受ける。コーヒーの芳醇《ほうじゅん》な香りと、ケーキの甘い香りが満ちる時間。

あっという間に十二時になり、客足はぱったりと途絶えた。

エプロンを外し、カウンター席に腰を下ろす。ライトグリーンのスカートを整えてから、本を開いた。

目で文字を追いながら、本の中の世界を想像していると、カランカランと音が鳴る。

「いらっしゃいませ」

本を閉じて立ち上がり、歓迎の笑みを浮かべた。

「お嬢、また来たぜー」

にっこりと笑いかけてくるのは、先頭のリュセさん。

昨日と同じく人間の姿で、おとぎ話の王子様のように煌《きら》びやかな容姿。純白の髪とライトブルーの瞳のイケメン。

「腹減ったーぁ。店長、飯！」

次に入ってくるのは、大柄な青い髪のチセさん。野生的なかっこよさがある。

「いつもの、ちょうだい」

三番目に入ってきたのは、緑色の髪のセナさん。小柄だけど素敵な男性だ。

「……」

最後は、黒髪をオールバックにしたシゼさん。大人の色気をまとったかっこいい男性だ。

四人揃って、いつもの傭兵団の黒いジャケットを身に付けている。それがまた様になっていて、素敵だ。

「はい。皆さん、いつものでいいでしょうか？　リュセさんはステーキとラテ」

「ミルクは少なめなー」

カウンター席に座ったリュセさんが、ニコニコしながら付け加える。

「はい、ミルク少なめのラテですね。チセさんはステーキとフルーツジュースで間違いないですか？」

「おう」

チセさんは奥のテーブルについた。

「セナさんはサンドイッチとラテ」

「うん」

チセさんの後ろに座ったセナさんが頷《うなず》く。

「シゼさんはステーキと、食後にコーヒーですね？」

「……ああ」

奥のテーブルに腰を下ろすシゼさんは、短く返事をした。

「かしこまりました。用意しますね」

私はキッチンに移動してエプロンをつけると、まずは下味をつけておいたステーキ肉を魔法で焼き上げる。その間に、ラテ二つとフルーツジュースを一つ、コップに注《そそ》いだ。

「お待たせしました。ミルク少なめのラテです」

「ありがとーお嬢」

にんまりと笑ってお礼を言うリュセさん。

次はちょうど振り返った先にいるチセさん。

「今日はパイナップルのジュースです」

「おお！　サンキュ、店長！」

黄色のパイナップルジュースに喜んだチセさんが、早速口を付ける。

「ラテです」

「ん、ありがとう」

セナさんにラテを渡すとキッチンに戻り、ステーキの焼き具合を確認。いい感じに焦げ目がついたステーキをお皿に移し、皆さんのもとに運ぶ。

「いっただきまーす!!」

真っ先に食い付いたのは、チセさん。いつものことだ。

美味しそうに食べてくれるのは、誰であっても嬉しい。

「私もラテを飲んでもいいですか？」

「いいよ。そういうの、気にしなくてもいいって」

セナさんはそう言うけれど、お客さんに断りなく飲むのもどうかと思うから、つい。

「お嬢、隣座ってよ」

「いえ、私はここで構いません」

「ちぇー」

リュセさんのお誘いをにこやかに躱《かわ》して、カウンターの中でラテを堪能《たんのう》する。

「こっちおいでよ、ローニャ」

そう手招くセナさんの近くに行ってみれば、隣に座るように示される。

なぜセナさんの誘いにはすんなり乗るのかと、リュセさんは明らかにむくれていた。

「貴族時代の友人に会ったんだってね」

「あ、はい。ヘンゼルとレクシーという親しい友人です」

リュセさんから聞いたのだろう。

私は一口ラテを飲み、再び口を開く。

「……以前、セナさんに質問したことを覚えていますか？」

「なんの質問？」

「大切なら、離れないという話です。セナさんは、時には、すべての縁を断ち切ってやり直すことも必要だと言ってくれました」

私がそう話すと、覚えてくれていたのか、セナさんは微笑んだ。

「僕が君に初めてじゃれた日だ」

そうだ。あの時は、至福の時だった。

獣人族には友好の証にじゃれる習慣があって、あの日はセナさんが尻尾を触らせてくれた上に、頬ずりしてくれた。

「そうですね。セナさんは、また繋がる縁なら、大切にするべきだとも言ってくれました」

察しのいいセナさんがくれた、私の望んでいた言葉。

「あの時、黙って飛び出してきた私は、ヘンゼルとレクシーに連絡を取ることを躊躇《ちゅうちょ》していたのですが、セナさんの言葉に背中を押してもらえたのです。ありがとうございます」

「どういたしまして」

微笑みで応えるセナさん。優しい人だ。

私がラテを飲み終わる頃には皆さん食べ終わっていたので、シゼさんにコーヒーを出してからお皿を下げた。

今日はゆっくりしていってくれるようで、そのままくつろぐ獣人傭兵団の皆さん。きっとそのうち、寝てしまうだろう。午後は彼らの貸し切りのようなものなので、問題はない。

けれども、今日はいつもと違い、来客があった。

「いらっしゃいませ」

私は少し驚きつつも、笑顔で迎える。

この時間にやって来るということは、ドムスカーザの街の住人ではないのかもしれない。

つばの広い、先の折れたとんがり帽子をかぶっている。顔はよく見えないけれど、若い男性だ。年齢はシゼさんくらいだろうか。

ちょっと汚れたマントと泥のついたブーツからして、旅人。でも荷物は腰につけたポーチと手にした長い杖くらいだ。その杖の先には、魔力が込められた水晶玉がある。

「よいしょ」

注目を浴びる中、その男性はリュセさんの隣に座った。

「あぁーお腹が空《す》いたなぁーぺコぺコだ。オススメはなんだい？」

男性が帽子を取り、杖をテーブルに立てかけて、私ににっこりと笑いかけてくる。

私は思わず息を呑む。レクシー達との会話に出てきた人物だ。

中性的な整った顔に、群青色と白銀色のオッドアイ。右目と同じ群青色の髪は、後ろで細く三つ編みに編まれている。

オズベル・ニーソン。サンクリザンテ学園で首席をキープしていたにもかかわらず卒業式を抜け出した、ニーソン男爵家の天才。

「あ、えっと……こちら、メニューになります」

私はポカンとしてしまいそうな表情を引き締めて、メニューを差し出した。

社交の場で何度か挨拶《あいさつ》を交わしたけれど、私のことは覚えていないようで、気にした様子もなく受け取る彼。

「……」

リュセさんは頬杖をついて彼を眺めているけれど、話しかけはしない。セナさんは関わる気はないらしく、腕を組んでうとうとしていた。チセさんはすでにテーブルに突っ伏して眠っているし、シゼさんも椅子の背に凭《もた》れて腕を組んだまま目を瞑《つむ》っている。

「あっ！　思い出した！」

突然、オズベルさんが声を上げた。

「見覚えあると思ったら、君、貴族令嬢だよね？　確かぁー……ああ、覚えてないや。氷の令嬢って有名だったね」

メニューを置いて、手を組んだオズベルさんは笑顔。

けれども、和やかに貴族時代のことを話す空気にはならなかった。

「オレさぁ――貴族って大っっっ嫌いなんだよねぇ」

笑みのまま首を傾けたオズベルさんから感じたのは、殺気の込もった魔力。明らかな敵意だ。

その魔力に触発されたようにリュセさんが真っ先に音を立てて立ち上がり、チーターの獣人の姿になった。

関心のなさそうだった三人もそれぞれ、黒い獅子、唸《うな》る真っ青な狼、眼光鋭くオズベルさんを睨《にら》み付けるジャッカルに、姿を変えている。

「へぇ……獣人の傭兵かぁ。さすがは貴族令嬢。こんなに雇ってるんだ」

「あ、あの、待ってください」

私はもう貴族令嬢ではないし、彼らを雇っているわけでもない。そう説明しようとしたが。

「お嬢に手を出すってんなら、オレらが相手だぞ!!」

リュセさんが吠えた。

好戦的な笑みを浮かべたオズベルさんは、杖を手にして立つと、カツン！　と杖の先を床に叩き付けた。

「面白い！」

次の瞬間、床が白い光に包まれ、気が付くと私達は外の広場にいた。

驚いて、少し離れたところに立つオズベルさんを見る。

精霊オリフェドートなら、移動魔法を強制召喚として使うこともあるのだけれど、それに似た魔法だ。人物だけを捕らえて、強制的に移動させる。

こんな魔法、私は知らない。人外の域だ。

「相手は魔法使いだ。杖を奪って、口を塞《ふさ》ぐよ」

戦闘態勢に入っているセナさんが指示を下す。

魔法の使い手との戦い方は心得ているようだ。

「わあってる！」

「行くぞ！」

「……」

リュセさんとチセさんが返事をして、駆け出した。

「だ、だめです！」

相手はおそらく、とんでもない魔法使いだ。衝突は避けたい。

私の制止よりも彼らの動きの方がずっと速くて、身を低くして駆け込んだチセさんが杖を狙い、リュセさんが口を塞《ふさ》ごうとする。

けれども毅然《きぜん》と立っているオズベルさんにその手は届かず、バシィンッと弾かれた。

魔法壁だ。見えないバリアを張られては、接近戦の獣人傭兵団さんの勝ち目は薄い。

「んー……よし、この魔法にしよう」

鼻歌交じりに、オズベルさんがゆっくりと杖を振る。先端の宝石が宙をなぞると、そこに文字が浮かび上がった。

学園で習って実際に使いもしたから、魔法文字だということはわかるけれど、それもやはり知らない魔法だった。

宙に現れる魔法文字をしばらく眺めて、ハッと気付く。

そうだ。彼はオリジナルの魔法を使っているのでは？　彼自身が編み出した魔法を行使しているのだ。それならなおさら、まずい！

「もう一度！」

セナさんの指示で二人が再び攻め込もうとするけれど、それよりもオズベルさんの魔法の方が早かった。

杖の先から光が放たれる。

何が起こるかわからない魔法を受けさせるわけにはいかないと、私は獣人傭兵団さんのもとに駆け寄って、防壁の魔法を使おうとした。けれど……

「！」

シゼさんがチセさんとリュセさんを突き飛ばし、セナさんと三人まとめて私の方に放り投げた。セナさん達を受け止めることなどできるはずもなく、私は倒れる。

それと同時に、眩《まばゆ》い光が純黒《じゅんこく》の獅子を呑み込んだ。

「ボス!?」

「シゼ！」

「っ！」

「シゼさん!!」

私を押し潰さないようにしてくれていたセナさんに手を貸してもらって立ち上がった頃には、もう光は収まっていた。黒いジャケットが広場に落ちている。シゼさんの姿は——ない。

あまりの衝撃に、その場にへたり込みそうになってしまう。

「てんめぇええっ！！！」

リュセさんが大きく吠えた。

その怒声で、私は我に返る。

「シゼをどこにやりやがった!?」

そうだ。どこかに転移された可能性もある。シゼさんはまだ無事だ。信じなくちゃ。

青い狼が駆け出し、オズベルさんをもう一度攻撃しようとするけれど、また完璧な魔法壁に弾かれる。

「シゼを返せ！！！」

狼のチセさんが唸《うな》っても、オズベルさんは嘲《あざけ》るように笑うだけだ。

「あはは！　お腹空《す》いちゃった。オレ帰る」

「待て!!」

セナさんも距離を詰めたけれど、杖を振ってくるりと回ったオズベルさんは、蜃気楼《しんきろう》のように消えてしまう。

いきなり現れて、いきなり消えてしまった。

「くっそ!!」

「返せよ!!」

リュセさんは頭を抱えて、チセさんは拳《こぶし》を広場の地面に叩き付ける。

「……ローニャ」

セナさんが、私を振り返った。

私にシゼさんの無事を確かめたいのだろうけれど、確証はない。どんな魔法を行使されたのか、まるきりわからないのだ。

私は何も答えられず、シゼさんのジャケットを拾おうと歩み寄る。

震える手を伸ばして、けれども、すぐに引っ込めた。

もぞもぞ。

ジャケットが動いている。

もぞもぞ。

ジャケットの下に何かいる。

私は恐る恐るジャケットを捲《まく》って、中を確認した。

「み、皆さん！　大変です!!」

思わず声を上げてしまう。

「シゼが行方不明ってだけで十分大変だろうが!!」

苛立ったようにチセさんが怒鳴り声を上げつつも、私のもとに歩み寄る。

「ローニャに八つ当たりするな……僕らのミスだ」

沈んだセナさんの声が近付く。

リュセさんも駆け寄ってきた。

「し、し、シゼさんがっ!!」

「「シゼが？」」

私は腕に抱えたそれを、三人に見せる。

「シゼさんが小《ちっ》ちゃくなってしまいました!!」

私の腕の中にいるのは、シゼさんだ。

消えてなどいなかった。移動魔法で飛ばされたわけでもない。

子ライオンのサイズだけれど、立派な黒い鬣《たてがみ》に琥珀《こはく》色の瞳。シゼさんだ。間違いない。

可愛い。

「は？」

「えっ」

「はぁああ!?」

しゃがみ込んでいる私を見下ろす三人が、困惑の声を漏らす。

「ど、どうしましょうっ？」

私は可愛すぎるシゼさんを、思いっきり抱き締めた。

「……」

私に抱き締められるシゼさんは、無言を貫《つらぬ》いていたのだった。

4　小さな黒獅子。

赤子サイズの黒い獅子。しっかり生えた鬣《たてがみ》も、純黒《じゅんこく》。キリッとした琥珀《こはく》色の瞳。短い手足についた肉球。……撫《な》で回したい。余すことなく撫《な》でて、顎《あご》をくすぐり、肉球の弾力を味わいたい。

カウンターの席に座らせた小さな小さなシゼさんは、その姿になってから一言も話さず、仏頂面《ぶっちょうづら》のまま。

けれども、可愛い。可愛いのである。

「……！　お嬢ってば！　お嬢!!」

「っは、はい!?」

リュセさんに呼ばれていることに気付き、ハッとする。

「どうなんだよ？」

「は、はい。そうですね、服も一緒に小さくなってしまっているところを見ると、対象を小さくする魔法のようです」

そうだった。シゼさんにかけられた魔法を調べるように頼まれたのだ。

「そういう解説はいいんだよ！　戻してくれよ、お嬢！」

リュセさんが言うけれど、私は困って俯《うつむ》く。

「……申し訳ありません。この魔法はおそらく彼が独自に作った魔法です。だから私には、解き方がわかりません……」

小さくなってしまったシゼさんを、元に戻せない。

「なっ……!?」

「じゃあシゼはこのままなのか!? ちっこいままなのか!?」

リュセさんもチセさんも、ショックを隠せないようだ。

「この魔法がずっと続くものならば、そうなってしまいます。未完成なもの、または時間制限のある魔法なら……」

「自然に戻る可能性もあるということかい？」

壁に凭《もた》れて立っていたセナさんが、体を起こす。

「はい、可能性はあります……」

「自信なさそうなのが不安なんだけれど」

その言葉に、また顔を俯《うつむ》けた。

「あくまで可能性です……先ほどの彼は、オズベルさん。私の通っていた学園を首席で卒業したお人です。おそらく、グレイティア様と同等の魔法の使い手ですので……もしかしたら、すでに完成している新しい魔法かもしれません」

私の説明に、皆さんが驚いた顔をする。

「そのグレイティアにも解けないの？」

「はい、解き方がわかるのは、作った本人のみ……。一応お呼びして、グレイ様にも見てもらいましょうか？」

「いいよ……君の目を信じる。この前のようにはいかないのか」

「はい……」

黒いジンの呪いの時のようにはいかない。

「じゃあ、そのオズベルって野郎を取っ捕まえて、シゼの魔法を解かせればいいのか」

リュセさんが険しい顔で、左の拳《こぶし》を自分の右手に叩き込んだ。

「あの野郎……どこに行きやがったんだ、ちくしょう！」

チセさんは悔しそうにテーブルを叩く。

「居場所の見当は？」

「わかりません……残念ながら」

「そうだよね。でも流浪《るろう》の魔法使いって感じだった。なんでもいい、手掛かりを掴めないかい？」

「それなら、精霊の森の住人に手を借りてみます」

セナさんに答えて、私は手を合わせて魔力を込めた。

床に零《こぼ》れ落ちた光から、妖精ロトが現れる。小さなお手てを振って挨拶《あいさつ》をするロトに、オズベルという名前の魔法使いを探し出してくれるよう頼んだ。

ロトはいつもの店に関する頼み事ではないと知ると、張り切った様子で敬礼して帰っていった。

「……それまで、ボスをどうしようか？」

セナさんはそう呟くように言うと、シゼさんに視線を注《そそ》ぐ。小さな小さな獅子のシゼさんに、注目が集まった。

「どうするって言ったって……こんな姿で仕事は無理だろ」

チセさんが視線を合わせるようにしゃがみ込む。

「バカチセ。こんな姿でさせるわけねーだろ」

リュセさんもしゃがむと、頬杖をついてシゼさんを見た。

「そうだね。ローニャに預《あず》けてもいい？」

「えっ？　いいのですか!?」

私は目を輝かせてしまう。

こんなに可愛いシゼさんのお世話をしてもいいのですか!?

「何それ!?　なんでそんな話になるんだよ!?」

ギョッとした表情をするリュセさん。彼は反対なのだろうか。この純黒《じゅんこく》の子ライオンをお世話したい。

琥珀《こはく》色の瞳と視線がぶつかる。相変わらず仏頂面《ぶっちょうづら》なのに、そのサイズのせいで可愛らしく見えた。

「いえ！　私がお世話します！　ぜひさせてください！」

私はリュセさんの手を握り締める。

「なんでお嬢、目が輝いてるの⁉」

リュセさんが、身を引いた。

「元はと言えば、私が原因で起きたことです。私が……！　私が責任をとってお世話をします！」

「だからなんでそんなに嬉しそうなの⁉」

誠意を込めて言っているつもりなのに、リュセさんの目にはそうは見えないようだ。

「お嬢だって、喫茶店の仕事があるじゃん。だいたい、最近休みばっかだったし、忙しいだろう？　シゼはオレ達の家でいいんだよ、セスがいるし」

「あのね、こんな姿のシゼをセスが面倒見れると思う？　ひょいひょい外出するセスには無理。かと言って一人にもできないでしょ」

セナさんは肩を竦《すく》めて、リュセさんの案を却下する。

「別に一人でもいいんじゃね？　シゼは別に子どもになったわけじゃねーんだろ？」

頭の上の耳をピクピクさせながら、チセさんが私を見上げた。

「いけません。この姿では、何かと不便でしょう」

黙り込んでいる小さなシゼさんに視線が集まる。シゼさんは不機嫌そうな表情のまま、肯定も否定もしようとしない。つまりこれは肯定ととっていいでしょう。

「シゼも不便だって言っているんだから、ローニャに任せよう」

「待てよ！」

セナさんが決定を下しかけたけれど、異を唱える声が上がる。

「じゃあ、シゼはローニャとこの家に寝泊まりして、朝も昼も夜もローニャの飯を食えるってことか⁉」

「一緒に風呂に入ったり、一緒にベッドで寝たりするなんて、反対だ‼」

チセさんとリュセさんの叫びに、私はきょとんとしてしまった。

「え？　そこまでお世話してもいいのですか？」

「だから！　目が！　輝いてる！」

「ごめんなさい……不謹慎ですよね……ごめんなさい、シゼさん」

あまりにも心が躍《おど》りすぎていると自覚して、シゼさん本人にも謝罪をする。シゼさんは怒った様子ではないけれど、口を開こうともしない。

「大丈夫ですか？　シゼさん。一言も話しませんが……喋《しゃべ》れますか？」

シゼさんは、コクンと頷《うなず》いた。

とても不機嫌だから、話さないだけみたいだ。そんなシゼさんでも、見ているだけで自然と顔が綻《ほころ》んでしまう。

「……」

じっと、琥珀《こはく》の瞳が見上げてくる。

「……」

シゼさんは、小さなお手てを差し出してきた。

まるで抱っこをせがまれているようで、ついつい、私はシゼさんの脇に手を差し入れて抱き上げる。

抱き締めると、ふわっとした鬣《たてがみ》が頬に触れた。もふもふ。

「一生お世話します！」

幸せです!!

「お嬢！　しっかりして！　シゼは元に戻すの!!」

「は、はい、そうですねっ」

ふわふわなもふもふを抱える幸せが素晴らしすぎて。

「シゼもなんか言えよ！」

「……」

「なんで無言!?」

大人しく私に抱えられたシゼさんは、リュセさんにも答えなかった。

「……ということで、ローニャに任せるね」

セナさんが有無を言わせぬ口調で告げる。チセさんもリュセさんもなんだか羨《うらや》ましそうに、私が抱えるシゼさんを見た。でも反論は、もうないみたい。

「僕達も、街に来たあの流浪《るろう》の魔法使いについて何か情報がないか探る。もし君達の方で何か情報を得たなら、明日来た時に教えて」

「はい。シゼさんのことはお任せください」

早速、情報収集に出かけるためか、獣人の姿だったセナさんは人間の姿に変わった。それに倣《なら》って、チセさんとリュセさんも姿を変える。

店には、私とシゼさんだけが残った。

「……二人きりですね」

「……」

一度、シゼさんを席に下ろす。

「店じまいをするのでここで待っていてもらってもいいですか？　あ、ケーキ食べますか？　フォンダンショコラ」

シゼさんが、無言で頷《うなず》く。私は笑みを返してから、フォンダンショコラを用意した。

それから、片付けを始める。

お皿を洗い終わったところでシゼさんを確認すれば、もうフォンダンショコラを平らげていた。チョコ好きが変わらないことに、笑みが零《こぼ》れる。

でもあの小さな身体では、おかわりはできないでしょう。前はホールケーキをペロッと食べてしまった。その時のことを思い出しながら、軽く店内を掃除する。

「では、私の部屋に行きましょう」

階段の前で、シゼさんに腕を伸ばして、はたと動きを止めた。抱えようと思ったけれど、これは子ども扱いしすぎだろうか。でもこの小さな身体で階段を上がるのは、大変だろう。

私の心配は杞憂《きゆう》に終わり、シゼさんはすんなりと身体を預《あず》けてくれた。心地よい重みを抱き締める。温もりに、幸福感を覚えた。

「そういえば、以前シゼさんに、ベッドに運んでもらったことがありましたよね。あの時のお返しができて嬉しいです」

シゼさんに運ばれたのは一度ではないけれど、この階段を上がって運ばれたことがある。そのお返しがこんな形でできるなんて。

「……シゼさんからしたら、災難ですよね。本当に私のせいで、すみません」

語りかけているうちに、もう私の部屋の前だ。今のシゼさんは片腕で抱えられる程度の重さだから、扉を開けるのも苦ではなかった。

「私の部屋です……って、初めてではないですよね」

「……」

これまでに何度かシゼさん達は足を踏み入れている。

「とりあえず……ソファーにどうぞ」

窓際のグリーンのソファーにシゼさんを下ろし、目の前で膝をついた。

「んー……フィーと似た大きさですね」

「？」

「あ、フィーは綿毛の妖精だと話しましたよね。今のシゼさんのサイズの服なら、あっという間に作ってくれると思います。呼びますね」

立ち上がった私は、パンと軽く手を叩いた。掌《てのひら》から零《こぼ》れ落ちた魔力が、床の上に魔法陣を作り出す。

その光の中からひょこっと飛び出してきたのは、赤毛のトイプードルにも見える綿毛の妖精フィーだ。続いて転がり出てきたのは、蓮華《れんげ》の妖精ロト。

フィーと鼻と鼻をすり合わせて挨拶《あいさつ》を交わした。

「!?」

三人のロト達は、ギョッとした顔で小さなシゼさんを見ている。

「シゼさんよ」

さっきは、オズベルという名の魔法使いについて情報を集めてほしいと伝えただけ。小さなシゼさんは目に入っていなかったみたい。

「魔法をかけられてしまったの。フィー、シゼさんの服を何着か作ってくれますか？ロトはシゼさんの手伝いをしてください」

「……あいっ！」

少し間を置いて、一人が返事してくれる。三人揃ってシゼさんを凝視していた。

フィーはなんとか自力でソファーをのぼって、シゼさんに黒い鼻を突き出した。フィーの挨拶《あいさつ》。シゼさんもわかってくれているので、鼻をすり合わせる。

もこもこのトイプードルと、鬣《たてがみ》を生やした黒猫が、鼻をくっつけ合わせて挨拶《あいさつ》する光景。可愛い。

「私はお風呂の用意をしますね」

胸を押さえて心の中で悶《もだ》えたあと、私は浴室に入った。

今のシゼさんにちょうどいい浴槽が必要だろうと、タイル張りの床に人差し指で魔法陣を描く。魔法陣が完成すると、想像した通りの小さな浴槽の出来上がり。

そこにお湯を注《そそ》ぐ。やっぱり熱すぎない方がいいかしら。

部屋に戻ると、シゼさんが半裸になっていた。

フィーの周りをふわふわと漂《ただよ》う綿毛が、次第にシャツへと形を変えていく。完成したシャツをロト二人が持って、シゼさんにかぶせた。ポッと出る鬣《たてがみ》とお顔。サイズは、ぴったりのようだ。

「着替えはそれでいいですか？」

尋ねると、シゼさんはコクンと頷《うなず》いた。

「よかった。お先にお風呂に入ってください。私はその間、明日の支度をしますね」

浴室へシゼさんを案内して「シゼさんのお手伝いをお願いします」と言えば、ロト三人は敬礼をした。

店に戻って再びロト達を呼び出し、明日の仕込みを手伝ってもらう。

仕込みを終えて部屋に入ると、シゼさんはもうお風呂から上がっていて、フィーに作ってもらった白いズボンを穿いていた。光沢のあるそれは穿き心地がよさそう。

「乾かすお手伝いをさせてください」

「ん」

低い声が、短く聞こえた。

肯定と受け取って、タオルでシゼさんの鬣《たてがみ》を撫《な》でながら、熱風の魔法をかける。やっぱり鬣《たてがみ》のある黒猫さんのお世話をしているようで、楽しい。

ふわふわな毛先から、私の髪と同じ匂いがする。ラベンダーの甘い香り。密かに口元を緩ませた。

「あ。シゼさん。私のベッドで寝ますか？　それともベッドを作りましょうか？」

「……」

シゼさんは無言で、ぽむっとソファーを猫の手で叩いた。

「ソファーでいいんですか？　んー……わかりました。毛布を敷いてから眠ってください」

コクン。頷《うなず》く小さな獅子さんの鬣《たてがみ》を乾かし終えた私は、他に濡れているところはないかと、まさぐってしまった。

「！」

シゼさんが驚いたように身体を震わせる。

「あ、すみません。他に濡れているところがないか確認を……」

嫌だったのかしら。不安な思いで見つめると、しばらく沈黙したシゼさんは万歳のポーズをした。

確認していいという合図だと判断し、そっと両手で、お腹を撫《な》でるように包み込む。温かいお腹は濡れてない。脇の下も、お手ても、もふもふ。念のため、ズボンからのぞく足も摘《つま》んでみた。

つやつやでぷにぷにの肉球……！　マシュマロボディのロトといい勝負のぷにぷにです！

ついつい、ぷにぷにっとつついてしまう。

「……はっ！」

気付けば、シゼさんは横たわってひっくり返っていた。触っている間に押し倒すような形になって、そのままシゼさんの足の肉球を堪能《たんのう》していたみたい。

「ごめんなさい、シゼさん。か、乾いているようですね」

「……」

あまりはしゃいでいてはいけないと、自分を抑え込む。

「私もお風呂に入りますね」

毛布をソファーに敷いて、タオルケットを置く。

いつも通りゆっくりと湯船に浸かり今日一日の疲れをとると、浴室を出た。

ソファーには、目を瞑《つむ》ったシゼさんに寄り添うようにフィーが丸まって眠っていて、ロト達も、シゼさんに凭《もた》れてうとうとしている。

「フィーも、ロトも、もう帰って眠ったら？　それともここに泊まる？」

フィーの頭を撫《な》でて起こし、ロトに笑いかけた。

帰る意思はあるようで、一人がピシッと立ち上がると他の二人も立ち上がる。でも三人とも、眠そうに目を閉じたまま。そんなロト達はフィーを連れて、魔法陣に入っていった。

「じゃあ……」

じっと私を見上げてくるシゼさんを見つめ返す。

「おやすみなさい、シゼさん」

「ん」

短く返事をして、シゼさんはタオルケットをかぶって背を向けた。

灯《あか》りを消した部屋。夏を報《しら》せる虫の声が微《かす》かに聞こえてくる夜。

ゆったりと眠りに落ちた。

5　覚悟。＊シゼ＊

目をやれば、もう眠りについているローニャの横顔が見えた。

それから、自分の手を見る。小さく短い手だ。なんとも、間抜けな姿だと思う。

あの瞬間、全員が魔法を受けると思い、とっさに身体が動いた。まさか縮む魔法をかけられるとは。

まぁ、生きているだけましか。

姿は変わったが、声まで変わったかどうかはわからない。だが、もしも幼い声になっていたら、それもみっともないと思った。だから沈黙を保っていたのだが、どうやら声はそのままのようだ。

しかし、この姿で声がいつも通りだと、それはそれで滑稽《こっけい》にも思えた。早く元に戻らないだろうか。

またローニャの無防備な姿を見た。

すやすや眠っている。

先ほどの触れ合いは、なんとも惜しい。……いや、触れ合いとは言い難いだろう。一方的に、ローニャに触れられた。

初めは単に濡れている毛を探すためだと思い許したのだが、そのうち押し倒されて足裏の肉球に触れられたのだ。

小さな身体は、いともたやすくひっくり返った。屈辱感を覚える一方で、ローニャの優しい手付きが心地よかった。

惜しいと思った。

元の姿なら、オレも触れてやるのに。少しずつ触れ合って、それから、壊さないように包み込みたい。柔らかな肌に触れ、舐めて、甘く噛んでしまいたい。

そんなことを考えている男だと思いもせず、ベッドで無防備に眠っているローニャ。よく言えば、信頼されている。言葉を換えれば、一人の男としては見られていない、意識されていない。

「……」

……そろそろ、いいか。シュナイダーとかいう元婚約者を毅然《きぜん》と追い払った様子からして、もう引きずっていないだろう。心の傷は癒《い》えたように見える。次の恋をする準備は、できたように思えた。

だから、今日触れられた分、仕返ししてやろう。とはいえ、それは元の身体に戻ってからの話だ。こんな姿で、愛しい女を口説くことはできない。格好がつかないだろう。

ローニャの見解では、時間が経てば戻る可能性もあるとは言っていた。目が覚めたら、戻っていないだろうか。

深くため息をついて、オレは目を瞑《つむ》った。

……覚悟しろよ。

堪らなく欲しくなったその時に――

6　穏やかな。

心地よい眠りから、覚める。

清々しい目覚めだ。ぼんやりとドアを見つめて、何かを忘れていることを思い出す。

そうだ。シゼさんが泊まったのだった。小さなシゼさんが。

「あら……」

窓際のベッドに目をやると、きちんとたたまれた毛布があるだけ。

シゼさんの姿がない。

「シゼさん?」

呼びながら、私はベッドを下りた。

すると、バスルームが開く。中から出てきたのは、小さな獅子さん。

「おはようございます、シゼさん」

「……おはよう」

くすぐるような低い声が返ってきた。

声はシゼさんそのもの。だけれど、今朝もその姿は小さい。

「よく眠れましたか?」

「……ああ」

「そうでしたか。……一晩過ぎても戻りませんね」

時間が経てば戻るという可能性は低くなってきた。

小さなシゼさんは、肩を竦《すく》める。

彼も、起きたら元に戻っていた、なんて展開を望んでいたに違いない。

「朝の支度をしたら、すぐに朝食を作ります。ちょっと待っていてください」

「いい。先に行っている」

「あ、はい……」

小さなシゼさんが階段を下りることができるか少し不安に思ったけれど、あまり子ども扱いしては気に障るかもしれないと、言わないでおいた。

シゼさんを見送ってから、朝の支度を済ませる。今日は控えめなオレンジ色のドレス。いつものように長い髪を緩い三つ編みにして、白のエプロンをつけた。

軽い足取りで階段を下りていくと、キッチンに繋がるドアの前で小さなシゼさんが立ち止まっているのを見付ける。どうやら、階段は下りられても、ドアを開けられないでいるみたいだ。

可愛いと思ってしまう反面、すごく不便だろうと心配にもなった。

「すみません、シゼさん。今開けますね」

「……ああ」

心なしか、力ない声。

普段は黙っていても威圧感がひしひし伝わる純黒《じゅんこく》の獅子さんなのに。早く戻してあげたいと思う一方で、普段とのギャップにキュンキュンしてしまう。ごめんなさい、シゼさん。不謹慎な私を許してください。

「朝食を作りますね」

店内に入ると、まず掃除をお願いしようと、私はロト達を呼び出そうとした。

するとドアが開き、鳥の羽ばたく音と共に風が巻き起こる。風が止《や》むまで、ギュッと目を閉じていた。

そっと頭を撫《な》でられて目を開けると、目の前には幻獣ラクレイン。翼で私の髪を整えるように撫《な》でてくれていた。

ぽとぽとと妖精ロト達がラクレインから落ちて、床に着地し、すかさずポーズをとっている。

「ラクレイン、それにロト。おはようございます」

「あいっ！」

「おはよう。シゼが魔法をかけられたと聞いて、来てみれば……事実か」

「……」

ラクレインは、視線を落として、シゼさんを見た。

シゼさんはその視線に反応を示すことなく、いつもの席に座ろうと向かう。けれども、よじのぼることもできないと思い出したのか、一時停止した。

「あ、シゼさんはこちらに座ってください」

私はシゼさんをさっと抱きかかえて、カウンター席に座らせる。

「……」

「……不便だな」

そんなシゼさんを見て、ラクレインはそう一言だけ漏らした。

「ラクレイン、シゼさんに魔法をかけたオズベルさんという魔法使いについて、情報は掴めましたか?」

「いや、オズベルという名前だけではな……もう少し情報をくれ」

「そうですね、元貴族の方です」

「何?」

ラクレインの美しい顔がわずかに歪《ゆが》んだ。

彼は人間嫌いの幻獣。特に貴族が嫌いなのだ。とはいえ、私と私が心を許している人間は例外のようだけれど。

「男爵家の養子で、私と同じサンクリザンテ学園を首席で卒業……するはずが、卒業式でドラゴンを召喚して立ち去ったと噂を聞きました。なんでもグレイ様に匹敵するほどの才能の持ち主らしいです。城の魔導師になれたはずなのに、流浪《るろう》の魔法使いになることを選んだようですね」

私は先日レクシーに聞いたばかりの情報をラクレインに伝えた。

「何？　では、グレイティアのような魔法の使い手か？」

「ええ、そのはずです。それにどうやら独自の魔法を作ることが得意のようで、だからシゼさんを元の身体に戻す方法がわからないのです……」

「そうか……そんな逸材がいたとは驚きだ」

「あ、きっと精霊と契約していると思います。サンクリザンテ学園ではそういった試験がありますし、今でも魔法使いをやっているなら契約は維持しているかと」

私はその試験とグレイ様のおかげで、オリフェドートと魔法契約ができたのだ。オリフェドートが言うには、友情の証。

「その可能性は高いな。オリフェドートの精霊仲間を辿れば、何か情報を得られるだろう」

精霊オリフェドートは私とグレイ様としか、契約をしていない。魔法契約の試験後に一方的に破棄される事態が重なったことが原因で、人間嫌いになってしまったのだ。そんなオリフェドートの態度を軟化させたグレイ様は、すごいのだ。

オリフェドートとは違って、淡白な精霊もいる。貢ぎ物さえあれば、自分勝手に契約を破棄されても気にしないという精霊もいれば、勇者や英雄にしかこなせないような試練を課す精霊もいるのだ。

すべての緑を司るオリフェドートのように偉大な精霊から、限られた大地の神様的な存在の小さな精霊まで、さまざま。

「……ところで、オルヴィアスは来ているのか？」

「オルヴィアス様ですか？　ああ、そういえば、あの一件以来いらしていません……」

両腕の翼を引きずってドアに向かうラクレインに問われて気付く。

「きっと忙しいのでしょう」

黒いジンの件で、警備を強化したり、悪魔との関連を調べたり。少し心配だ。これまで休憩の合間に私の店に来てくれていたけれど、そうした時間が取れないということでしょうか。

「……オルヴィアス様がどうかしたのですか？」

「……ほら、この前、お主に口付けをしていたではないか」

「!?」

ギョッとしてしまう。

脳裏に浮かぶのは、滝の裏で口付けされそうになったあの瞬間。

動揺していると、掃除を始めていたロト達が目を剥《む》いてこちらを見ていた。シゼさんも無言で見上げてくる。

「……あ、頬に口付けされたことですか？　あははっ」

「そう、それだ。他に心当たりがあるのか？」

じろりと訝《いぶか》しげな目を向けるラクレインに、私はブンブンと頭を左右に振った。熱くなってしまう頬を、思わず両手で押さえる。

「その反応……満更でもないのか？」

「あ、いや、その……」

「まぁ、相手はあのオルヴィアス……お主に釣り合う男だとは思うぞ」

「ら、ラクレインったら！　私のどこが、彼と釣り合うというの？」

「謙遜《けんそん》するな」

ラクレインはからかうように笑うと、翼を広げた。

「我は、別に反対はしない」

ラクレインの目がちらりとシゼさんに向けられたけれど、そのまま何も言わずにバサバサと羽の音を鳴らして風と共に去っていく。

「も、もう……」

私は思わずむくれた。ラクレインにからかわれたようだ。

そんな表情をシゼさんが見上げていることに気付いて、私は慌ててむくれ顔をやめた。

「朝食を作りますね」

にっこりと笑顔を作って誤魔化し、ロト達を連れてキッチンに入る。

チョコ好きのシゼさんのために、焼きたてのホットケーキにチョコレートシロップをとろりとかけた。

ダークブラウンのチョコレートシロップを味見したロトが、グッと手を挙げる。指があれば親指を立てていたに違いない。

「お待たせしました、シゼさん」

ホットケーキをカウンターテーブルに運んだ。私もその隣に座って、手を合わせる。

「いただきます」

「……いただきます」

シゼさんをちらりと見てみれば、チョコレートまみれのホットケーキにかぶり付いていた。お気に召したようだ。

カウンターテーブルの上では、ロト達も一緒に食事中。

「そう言えば……シゼさん、ずっと獣の姿ですが、人間の姿にはならないのですか？」

「いや、なれない」

「あら……獣人族特有の変身能力を封じられてしまったのか、またはその姿に固定されているのでしょうか」

すでに試していたようだ。

「……」

シゼさんが、なぜそんなことを聞くのかと言いたげに目を向けてくる。

「実を言うと、小さなシゼさんの人間の姿を見てみたいと思いまして……幼いシゼさんを見られる機会かと……まぁ、変身できても今はきっと大人のシゼさんをそのまま小さくした姿なのでしょうけれど」

宙を見上げて、幼い彼を想像してみる。

やや目付きの鋭い、頬がもちっとふっくらした年頃の男の子。オールバックの黒髪に琥珀《こはく》の瞳。

「……ふふっ、可愛いでしょうね」

私は口元に手を添えて笑う。

「……」

シゼさんは黙って、ホットケーキを平らげた。

「あ、チョコレートが好きというだけでも、十分可愛いと思っていましたけど」

「……ほう？」

なんだか、やけに低い声が発せられた気がする。

「オレを、可愛いと、思っていた？」

「はい。あ、おかわりしますか？」

むすっとした様子のシゼさんが差し出すお皿を受け取った私は、追加のホットケーキを作りにキッチンに戻った。

「ですが、チセさんから聞いた昔のシゼさんは……かっこいいと思いました。慕われている理由がわかりました」

まだ少年だったであろうシゼさんを、かっこよかったとチセさんは話してくれたのだ。

「シゼさんは、どうして……」

そんなに幼い頃から強くてかっこいいのだろう。

……なんて疑問を言う暇はないことに気が付いた。

「あ、開店の支度をしなくては。シゼさん、午前中は部屋にいてもらっても構いませんか？」

「ああ」

「よかった。きっと午後にはラクレインが情報を持ってきてくれますよ」

朝食の片付けと開店準備を終えると、ロトを数人連れて小さなシゼさんを抱え、二階に戻る。

「んー、何して過ごしますか？」

「気にしなくていい」

「ああ……そうですか。ではまたお昼に」

どうやらシゼさんは寝て過ごすようだ。昨夜と同じくソファーに乗ったシゼさんにベッドを譲ろうと考えたけれど、それより先にシゼさんは目を閉じてしまう。

せっかくの休暇なので、そっとしておきましょう。

私は朝片付けたタオルケットをシゼさんの隣に添えて、部屋を出た。

それから、仕事を始める。

朝食やブランチを食べに来る常連さんの接客をして、変わらない午前中を過ごした。

ケーキの甘い香りと、コーヒーの芳醇《ほうじゅん》な香りが飽和する。

だんだんとお客さんが減っていき、最後のお客さんを見送った。

「ところでさぁ」

「!?」

その声は、テーブルを拭いていた私の後ろから突然かけられた。

「伯爵令嬢である君が、どうしてこんな最果ての街で喫茶店を経営してるの？」

バッと振り返れば、カウンターテーブルの椅子に座り頬杖をつくオズベルさんがいた。

昨日と同じ、大きな帽子をかぶっていて、やはり杖を持っている。

この店には結界が張ってあって、白いドアから入っては来られても、私が許可していない人間が移動魔法を使って入ることは不可能なはずなのだ。けれど、ドアに付けてあるベルの鳴る音も、聞いていない。

つまりこの人は、私の結界を掻《か》い潜《くぐ》って、移動魔法で店内に入ったのだ。

「まぁいいや。どうせ風変わりな趣味か何かでしょ」

私が驚いている間に、オズベルさんが話を進めてしまう。

「勝負しよう、伯爵令嬢サマ」

オズベルさんはにっこりと笑う。

「あの、私は……」

もう伯爵令嬢ではないと言おうとしたけれど、その前に。

「シゼさんを。昨日あなたが魔法をかけたシゼさんを元に戻してください」

「ああ、上にいる彼のこと？」

パチン。指を鳴らした途端に、シゼさんが私とオズベルさんの間に現れた。

上の階から、移動させるだけの魔法。だけれど、私はますます戸惑った。上の階には大砲を撃たれてもビクともしない頑丈な結界を張っているのに、それも全く問題としていないのだ。

「！　……ガウ!!」

瞬時に状況を把握したシゼさんが吠えるけれど、小さな身体で飛びかかって敵《かな》う相手ではない。だから、私はシゼさんを抱えた。

「あっはっはっ！　可愛いよね、ちっちゃなライオンさん！」

「元に戻してください」

「んー、君がオレに勝てたら、いいよ」

カツンッと杖が床に叩き付けられるとまた白い光に包まれて、私達は移動させられていた。

今度は、街の外れらしい。私とオズベルさんは荒地に立っていた。

「例のエリート学園に通ってたなら、多少は魔法を使えるでしょう？　オレは杖なしで戦ってあげるから、勝負しようよ」

「あの、なぜ勝負をしなくてはいけないのですか？」

「だから、そのライオンさんを元に戻すため」

「……」

どうして戦わなくてはいけないのだろう。話し合いではだめなのでしょうか。

「ローニャ。勝てるか？」

「え？　えっと……難しいです」

抱えているシゼさんに問われ、私は正直に話した。

「ローニャのことを見くびっているうちに、倒せないのか？」

「んー……」

穏便に話し合いで解決したいけれど、シゼさんはちょっと殴ってこい、と言わんばかりに顎《あご》でオズベルさんを示す。

そんなオズベルさんが、持っていた杖を空に向かって投げた。杖は宙に浮いたままになる。

「向こうはやる気だ。行ってこい」

シゼさんが焚き付ける。

……そう言われましても。

「授業でやった魔法対決と同じだよ。グズグズしてるとオレから行くよー？」

オズベルさんもやる気満々だ。

仕方がありません。勝てる自信はあまりないですが、やるしかないようです。

抱えているシゼさんにまで攻撃が及ばないように、地面に下ろして離れてもらった。

「私が勝ったら、シゼさんを元に戻してくださるのですね？」

「うん、ルール決めちゃって」

「……では、氷の柱を立てて、相手のものを先に壊した方が勝ちにしましょう」

「いいよー」

私は後ろを振り返って、手を翳《かざ》した。すると、三メートルほどの氷の柱が現れる。

同じくオズベルさんも、後ろに手を翳《かざ》し、氷の柱を作る。

「お先にどうぞ、令嬢サマ」

「……」

だから私はもう令嬢じゃない。

でも私のことをリュセさんはお嬢と呼ぶし、キャッティさん達も未だにお嬢様と呼ぶ。

別に、彼にそう呼ばれても……いえ、ちょっと嫌味っぽく聞こえるのはどうしてでしょう。そういえば、彼は貴族が嫌いだと自分で言っていた。

「はぁやぁくぅ」

「あ、はい……」

オズベルさんに急かされて、私は攻撃魔法を選ぶことにする。

「行かせてもらいます」

出し惜しみはしない。手っ取り早く彼の氷の柱を壊すために、脳裏に魔法陣を浮かべた。目で捉《とら》えた氷の柱に狙いを定めて、爆裂の魔法を発動する。

ドドドガン！

派手な爆発が連発して、轟音《ごうおん》が響いた。

その爆発でオズベルさんの姿が見えなくなったけれど、彼はきっと無傷だ。

「ひゅー！　意外とやるねぇー！　さすがは伯爵令嬢！　それなりの教育を受けてきたんでしょ？」

立ち込めた煙の中から聞こえてくるオズベルさんの言葉の通り、私は学園に入学する前から、鬼軍曹のような家庭教師をつけられて厳しい教育を受けていた。

しばらくして視界が開けると、爆裂魔法を受けたはずの氷の柱がまだ立っていた。その前には、オズベルさん。やはり彼も無事だ。

「じゃあ、次はオレの番！」

私は、背後の氷の柱に二重に防壁魔法をかけた。

そうでもしなくては、負けると直感したからだ。

「〝――天空の神よ、我に雷《いかずち》を与えたまえ――〟」

「!?」

オズベルさんが唱えたのは、天候の精霊の力を借りる魔法だ。

天候の精霊は、気難しいと授業で教わった。たとえ魔法契約ができても、いつでも力を貸してくれるとは限らないと言われていたのだ。

そんな天候の精霊の力はとても強い。とっさに、防壁魔法を三重にする。

先ほどよりもさらに激しい轟音《ごうおん》が響いて、雷が防壁魔法に直撃した。

耳がキーンとして、両手で押さえる。

防壁魔法が二つ呆気なく壊されたけれど、最後の防壁魔法が持ち堪えてくれたから、氷の柱は大丈夫だ。

「ひゅー。三重の防壁魔法？　いいねーいいねー！　ちょっとしたリベンジだけど、楽しくなってきたよ！」

耳から手を離せば、オズベルさんはそう言った。

「リベンジ？」

私が聞き返すと、最後の防壁魔法が崩れて、光となってキラキラと降り注《そそ》いだ。この類《たぐい》の魔法はどうにも苦手で困ってしまう。

「貴族に復讐《ふくしゅう》したいって思ってたんだよ。あのクソみたいな学園の卒業式で暴れてやったけれど、どうせもみ消されたか、どうかしたんだろう？　あの学園がやりそうなことだ。貴族もあの学園も大っ嫌いだ。君をコテンパンにしたら少しは気が晴れるだろうから、続きをしようよ」

「……あの、一ついいですか？」

「なんですか？」

挙手して言えば、ニコニコと上機嫌なオズベルさんが頷《うなず》く。

「私も、オズベルさんと同じく貴族をやめています」

「……へっ？」

オズベルさんは目を丸くして素《す》っ頓狂《とんきょう》な声を出した。

貴族令嬢が一人で喫茶店経営なんて、しないと思うのだけれど……そんなに驚くことかしら。

「ええーっ⁉　じゃあなんで喧嘩売ってきたの⁉」

「え？　喧嘩を売ったのは、オズベルさんではないですか……」

「え？　オレ？」

オズベルさんが、こてんと首を傾げる。不思議と大きな帽子は落ちない。

「そっちの雇っている傭兵団が先に喧嘩を売ってきたんだよ」

「違いますよ。獣人傭兵団さんはオズベルさんの殺気に触発されて威嚇《いかく》しただけです」

私は腰に手を当てて、子どもの言い訳のようなことを言うオズベルさんを叱るように言い返した。

「えー？　オレが悪いのー？　んー……」

首を傾げたまま唸《うな》ったオズベルさんは、やがて。

「ごめんー」

まだ納得いかない様子だけれど、謝罪を口にした。

これでもう戦う理由はなくなっただろう。早速シゼさんを戻してもらいましょう。

「あっ」

「ローニャ!!」

オズベルさんの視線が私の背後に向けられ、少し離れたところで見ているはずのシゼさんの声が耳に届く。

ゾクッと悪寒を感じた私は、とっさに風の魔法を行使して、その場から大きく飛び退《の》いた。振り返って見付けたその姿に、目を見開いてしまう。

漆黒の長い髪に真っ黒なローブ。羊のように、後ろに向かって伸びた黒い角。瞳は赤で縁取られた怪しい灰色。サメのようなぎざぎざの牙をのぞかせてニタリと笑う口は三日月型。

「悪魔ベルゼータ！」

私を付け狙う悪魔がいた。今日は男性の姿だ。

「おっしぃー！」

言葉とは裏腹な、楽しげに弾んだ声。

「あの厄介な英雄オルヴィアスがいない上に、結界のない店の外に出てきてくれるなんて、これって絶好の好機だよねぇ？　ムフフ」

「！」

慌ててエプロンのポケットを探ったけれど、目当てのものはない。

「あ、その様子だと魔導師グレイティアも呼べない感じぃ？　やっぱり今日こそは、ボクの天使が堕《お》ちる日だよねぇ？」

グレイ様と連絡を取り合える魔法の石もラクレインを呼べる彼の羽根も、カウンターの上に置きっぱなしだ。

「しかも、しかもぉ、なぜか獣人傭兵団の団長はちっちゃくなってるしぃ？」

駆け込んだシゼさんが、私の目の前に立ちはだかる。でもその姿は、ベルゼータが嘲《あざけ》るように小さいままだ。

「さぁ！　さぁ！　ボクに染まってよ！　ボクの天使ぃ！」

最悪のタイミングで現れた悪魔に、ハッとした。

「まさか！　オルヴィアス様を遠ざけるために、あなたが黒いジンを差し向けたのですか？」

そうだったら、ルナテオーラ様が苦しんだのは私のせいだ。どう責任を取ろう。

けれども、ベルゼータの反応は違った。

「ん？　黒いジン？　なんの話？」

きょとんとして、目を瞬《またた》かせる。

「あ……あなたは無関係なんですか？」

「んん？　黒いジンのせいで英雄オルヴィアスがいないの？　へーえ。黒いジンは、ボクの担当じゃないよー。ボク無関係」

ベルゼータの答えに、少し安堵した。

「まっ！　邪魔者はいないってことで、さぁ！」

改めて、満面の笑みで近付こうとするベルゼータ。

シゼさんが吠えるけれど、威嚇《いかく》は効かないみたいだ。

悪魔は獣人の怪力に勝てないらしいけれど、小さなシゼさんに悪魔に敵《かな》う力があるかわからないから、戦わせられない。私はシゼさんを抱え上げた。

「ぷーぷぷっ！　そんなぬいぐるみみたいなライオンさんを抱えても無駄！」

「グルルッ」

禍々《まがまが》しいオーラをまとったベルゼータが迫る。

どうするか必死に考えていると、耳をかすめて、何かがベルゼータに向かって飛んでいく。

その何かが顔に直撃したベルゼータが、派手に背中から倒れた。

「いったぁい!?　何すんだよ!!　部外者!!」

赤くなった顔を押さえて、ベルゼータが起き上がる。

何かを飛ばしたのは、オズベルさんのようだ。

「いきなり割って入ってきて、部外者はお前だろ、悪魔」

いつの間にか杖を手にしたオズベルさんの周囲には、大きな石が浮いている。どうやら飛ばしたのは、周りに転がる石のようだ。

「お前誰だよ!?」

「オレ？　オレは魔法使いオズベル」

にっこりと笑ってみせたオズベルさんは、宙に浮かせた大きな石をベルゼータに飛ばす。

「じゃっ、ま！！」

ベルゼータがローブに包まれた腕を振って、石を粉砕した。魔力をぶつけて爆発させたのだ。

シゼさんを抱えたまま、オズベルさんとベルゼータを交互に見て考えを巡らせる。

移動魔法で店に戻りたいけれど、それではオズベルさんにベルゼータを任せる形になってしまう。サッと店に戻って、グレイ様を呼び出す石を持ってこようか。それで、封印してもらう。

そこまで考えて、私はオズベルさんならこの悪魔を封印できるのではないかと思い付いた。

ベルゼータは、封印破りを得意とする悪魔。封印系の魔法が苦手な私には、彼を封印するのは無理だ。

だけれど、オズベルさんがグレイ様に並ぶ魔法の使い手ならば、ぜひともお願いしたい。

「オズベルさん！　この悪魔を封印してもらえませんか？」

「え？　見返りはなぁに？」

大きな石を飛ばしながら、オズベルさんが笑顔で問う。

彼にはなんの関係もないものに巻き込まれるのだから、見返りを求めるのは当然だろう。

「えっと……私の店で出すものを、無償で提供します!!」

私にできることはそれくらいだ。

「まぁじぃでぇ!?　タダメシやったぁ!!」

どうやら喜んでもらえたらしい。

「じゃあ、悪魔を封印してあげるよ！」

オズベルさんが杖を握り直して、ブンッと振る。

「ハンッ！　どこの誰だか知らないけど、そこら辺の魔法使いの封印なんて、跳ね返してやるよ！」

「〝――一つ、縛り――〟」

「!?」

ブンッと杖を右に振って、唱え始めたオズベルさん。

跳ね返す気でいたらしいベルゼータは、左右に現れた二つの大きな光のロープに縛られ、困惑の表情を浮かべる。

私も同じだ。またもや知らない魔法なのだ。おそらく、これもオズベルさんの独自の魔法なのだろう。

「〝――二つ、縛り――〟」

ブンッと杖を左に振るオズベルさん。

ベルゼータがもがくが、また二つの大きなロープに拘束された。

「ちょっ、待って！」

「〝――三つ、縛り――〟」

「むぎゅ!?」

ブンッと右に戻った杖。

今度は、青ざめたベルゼータの口が塞《ふさ》がれる。

最後に杖を上に振れば、杖の先の宝石に光が集結して、激しく発光した。私は小さなシゼさんを抱えたまま、ギュッと目を瞑《つむ》る。

「〝――封！――〟」

次に目を開くと、悪魔の姿はなかった。悪寒も、もうない。

「オズベルさん……悪魔はどこに？」

「それは秘密」

にししっ、とオズベルさんは歯を見せて笑った。

「よし！　早速夕ダメシをいただこうか!?」

「あ、その前に、シゼさんを元に戻してください」

忘れてもらっては、困る。シゼさんを示しながら歩み寄ると、オズベルさんは目を瞬《またた》かせた。

「あ、それならキスで元に戻るよ？」

「……」

キスで戻る。それを聞いて、私とシゼさんは目を合わせた。

「それだけで解ける魔法だったら、気付いています。嘘を言わないでください」

「……」

「なんだよぉ、ちょっとは真に受けてくれたっていいじゃんー」

つまらなそうにオズベルさんがむくれる。

仕草が幼い人だと、しみじみ思う。

すぐに気を取り直したオズベルさんが鼻歌交じりに杖を振ると、魔法文字が宙に浮かび上がった。それを、私が両手で掲げ持つシゼさんに向ける。

途端に杖の先が発光して、目が眩《くら》む。

目を開けると、視界いっぱいにシゼさんの背中があった。

立派な男の人に後ろから抱き付くような形になってしまっていた。脇に添えていた手を引っ込めようとしたけれど、それより先にもふっとした手が重なる。

純黒《じゅんこく》の獅子さんが振り返った。私よりも大きく、貫禄《かんろく》のあるいつもの獅子さんだ。

「元に戻って何よりです」

私はにこっと微笑む。

「……ああ」

一言、シゼさんは頷《うなず》いた。琥珀《こはく》の瞳がどことなく、熱を帯びたように見つめてくる。

「ほら、早くご飯食べよう!! お昼の時間だぜ!?」

オズベルさんが急かし、杖でコツンと地面を叩いて光らせた。たちまち、場所は私のまったり喫茶店に移動している。

「サンドイッチ全種、とりあえずちょうだい!!」

「えっ？ はい、かしこまりました」

カウンターテーブルについたオズベルさんの注文内容に少々驚きつつ、私はシゼさんに軽く頭を下げてから、キッチンに入った。

全種、食べるつもりなのでしょうか。

疑問に思いながらも作っていれば、カランカランとベルが鳴った。

「あー!? シゼが元に戻ってる!!」

「「ボスーッ！！！」」

チセさんと、リュセさんの声。

見てみれば、ドアの隣に立っていたシゼさんに、チセさんとリュセさんが抱き付いていた。一方のシゼさんは抗《あらが》うことなく、されるがまま。もふもふの抱擁《ほうよう》。いいなぁ。

セナさんは、じっとカウンター席のオズベルさんを見据えていた。

「……」

一瞬緊迫した空気が流れたけれど、オズベルさんがペコッと頭を下げる。帽子が落ちた。

「ごめんなさいー。喧嘩を売られたと思って魔法をかけましたー、許してくださいー」

「ふざけんなてめぇ!!　自分から殺気向けておいて、喧嘩を売られたと思っただと!?」

「謝罪に気持ちが込もってねーし!!」

オズベルさんは落ちた帽子を拾って、困ったように頭を傾げる。

「えー？　そんなこと言われても、獣人に変身されたら、戦闘態勢にもなるじゃん？

自分の姿、鏡で見たことないの？　怖いよ？」

「謝る気あんのかてめぇ!!」

ガルルウッとチセさんが唸《うな》ったけれど、オズベルさんの言葉にも一理あると思ってしまう自分がいる。街の人達も、獣人の持つ猛獣の姿を恐れているのだ。

「ここは水に流そう！　ちゃんと君達の団長を元に戻したし、それにあの子を狙っていた悪魔を封印してあげたから、チャラにして！」

オズベルさんを睨《にら》んでいた三人は、悪魔というワードに反応した。

「悪魔がまた来たのかい？」

セナさんが私を見る。

「はい。悪魔ベルゼータを、オズベルさんが封印してくれました」

私は笑って答えた。

「封印って……あの悪魔、封印を破るのが得意って言ってなかった？　大丈夫なのかよ」

リュセさんはオズベルさんの魔法の腕を疑っているみたい。

「封印破りが得意な悪魔でも、オレの封印魔法を簡単に破ることはできないよ」

「私は、オズベルさんの魔法の腕を信じます」

自信満々のオズベルさんの言葉に言い添えると、リュセさんはしぶしぶといった様子で引き下がった。

「じゃあ、悪魔を封印したお礼のタダメシ！」

「お礼って、チャラじゃねーじゃん！　お嬢、お代はしっかり要求しなよ！」

「タダメシ！」

カウンター越しにリュセさんとオズベルさんに詰め寄られ、苦笑が零《こぼ》れる。

「えっと……封印してもらう代わりに無償で提供すると、約束してしまいましたので」

「はぁ……無償で提供なんて、いつまで？」

重たいため息をついたセナさんに問われて、首を傾げてしまう。

そういえば、期間を設けていなかった。

「悪魔を半永久的に封じたんだからさ、もちろんタダメシも半永久だよね？」

オズベルさんは、そのつもりらしい。

「だめだね。それで食い散らかされたら、店に大打撃だ」

「食い散らかすなんて粗暴な振る舞いは、傭兵じゃないんだからしないよ！　食べ物には心から感謝して全部綺麗に食べるよ！」

「オレらが食い散らかすみてーに言うな！　オレらいい客だよな!?　お嬢！」

「とりあえず、皆さん、自己紹介をして席についてください。今お食事を用意します。いつものもので構いませんか？」

ガミガミと言い合う中、私は席に座るように促した。

「全く……。僕はセナ。シゼとチセだよ」

セナさんが呆れた様子で肩を竦《すく》めつつ、いつものテーブル席に座る。シゼさんはすでに奥のテーブル席に座っていた。チセさんは唸《うな》りつつも、シゼさんの向かい側に腰を下ろす。

「ふぅー。オレは、リュセ。ちょっと退《ど》けよ、そこオレの特等席なんだ」

「私は、ローニャと申します」

「お嬢のことは、敬意を持って店長と呼べよ」

杖を退《ど》かせてオズベルさんの隣に座るリュセさんが、ビシッと指差した。

「もう貴族じゃないのに、お嬢って呼ぶんだね？」

「あだ名だし」

「じゃあ、別に雇われてるわけじゃないんだね？」

「僕達は交友関係にある。店長、僕達はいつものでいいよ」

「かしこまりました」

セナさんの言葉に、私はキッチンへ移る。テキパキとステーキを魔法で焼き、次にサンドイッチを作って、ジュースとコーヒーと一緒に運ぶ。

「オズベルさん、お飲み物は？」

「んー、そのジュースが欲しいな」

オズベルさんは、チセさんのコップを指差した。

「パイナップルジュースになります」

「うん、それでいいよ。店長さん」

にこっとオズベルさんが笑って答える。

パイナップルジュースを届けてから、サンドイッチを食べやすいように半分に切った。

「お待たせしました。タマゴマヨサンド、トマトとアボカドのサンド、パストラミビーフサンドです」

「わーい！　いっぱいだぁー……」

並ぶサンドイッチを見て大喜びするオズベルさんは、次に私が運んできたステーキを見て目を点にする。

「え？　ステーキ？　メニューになかったよね？」

「ああ、ステーキは獣人傭兵団さんに特別に提供しているものなんです」

「そう、オレ達はと・く・べ・つ！」

リュセさんが自慢げに笑う。

「サンドイッチより、ステーキがよかったですか？」

私が不安になって問うと、セナさんが口を開いた。

「君、今さっき言ったよね？　食べ物には心から感謝して全部綺麗に食べるよって」

鋭い眼差《まなざ》しは、叱るようだ。

「うぐぅ……うん。今日はサンドイッチ……明日はそのステーキ食べる!!」

オズベルさんはそう宣言すると、サンドイッチにかぶり付いた。

さすがに、サンドイッチ三種を食べてからではステーキはお腹に入らないようだ。

「明日も来るのかよ」

「んんっ！　美味《うま》いし、タダメシだしね！　ステーキ一口、ちょうだい」

「やらねーよ」

リュセさんはもう警戒心は解けたらしく、気さくに笑っている。ちぇーっとむくれたオズベルさんも、リュセさんと仲良くなりそうだ。好戦的な部分はあるけれど、大丈夫そう。

「あの、オズベルさん。どうして貴族がお嫌いなんですか？」

黙々と食べ始めたシゼさん達を確認して、私はオズベルさんのそばに立って尋ねた。

「ん？　知ってるっしょ？　オレは養子にもらわれたんだ。魔法の才能を買われてね。ニーソン男爵は、あのエリート学園を首席で卒業できる息子が欲しかっただけなんだよ。そこに愛なんてものはない。ほんっっっと、胸糞悪《むなくそわる》い生活だったよ」

タマゴマヨサンドを平らげたオズベルさんが、吐き捨てるように言う。

左右で色の異なる瞳がわずかに揺れ、そこに悲しみが見えた気がした。

「いくらオレが天才って言っても、首席を取るのは骨が折れたよねー。せっかくだから、卒業式で暴れてやったんだよ！」

「……心中お察しします」

「んーありがとう！」

私と同じく、高みを目指すような日々を強いられてきたのでしょうか。

オズベルさんは、ただ笑うだけだった。

「私も、苦しい日々から逃げ出したのです。貴族生活は……苦痛だったでしょう。私は生まれた時から貴族社会にいましたが、どうにも慣れませんでした」

「そうなの？　そんな君にちょっと提案なんだけれどさぁ」

俯《うつむ》く私に、オズベルさんが、言った。

「復讐《ふくしゅう》しようよ、貴族に」

しん、と店内が静まり返る。

シゼさん達が、私に注目した。

「そのつもりは全くありませんので、お断りします」

私は、そういうことをするつもりは微塵《みじん》もない。

きっぱり返すと、オズベルさんがまたむくれる。

「復讐《ふくしゅう》なんてしなくても、私は今、ここにいられて幸せなのです」

私は獣人傭兵団さんに目を向けて微笑んだ。

「まっ！　お嬢ならそう言うと思った！」

リュセさんが、笑い返してくれる。

「まーでも、いつでも力は貸すぜ？　店長のためならな」

チセさんも、ニカッと笑ってくれた。

「……」

シゼさんはちらりと私と視線を合わせると微《かす》かに笑みを見せる。

「そんな機会はないだろうけれどね」

セナさんも微笑んだ。

「氷の令嬢なんて呼ばれてたのに……穏やかなんだねぇ」

オズベルさんは、和んだように笑みを零《こぼ》した。

「どうぞ、まったりしていてください。ここはまったり喫茶店ですから」

心から休まるような、そんな穏やかな喫茶店です。

書き下ろし番外編

焼き肉パーティー

ある定休日のこと。

予定もなく、まったりと読書でもしていようかと思っていた、朝と昼の間の時間帯。

白いドアが開いて、バサバサと鳥の羽ばたきの音と共に風が入り込んできた。

幻獣ラクレインの登場だ。

「今日は大物を狩ってきたぞ、獣人傭兵団にも食わせてやったらどうだ?」

上機嫌で黒い唇を吊り上げるラクレインの足元には、大きな大きな生き物。

モームという牛によく似た生き物で、前世で言うところのブランド牛に匹敵する美味しさがある。

野良でもとても美味しく、貴族の間でも人気だった。

「モームですね!　ありがとうございます、ラクレイン。そうですね……どうやって食べましょうか……」

閉じた本をカウンターに置いて、歩み寄って私は首を傾げる。

「いつものように、ステーキにすればいいんじゃないのか？」

「はい、ステーキにもするつもりですが……他の部分もありますし、それだと私一人では食べきれません。んー……」

顎《あご》に手を添えて考えた私は思い付く。

「そうだわ、焼き肉パーティーをしましょう」


場所は変わって、獣人傭兵団の皆さんの家。

「焼き肉パーティー？」

「はい。あ、セスは生肉を見るのが嫌いでしたね」

「んー、僕は苦手だけど……皆は喜ぶと思うからいいよー」

「ありがとう、セス」

家にいたセスの許可をもらい、ラクレインにモームをキッチンまで運んでもらう。

魔法で血抜きをして、解体作業をする。

その間、セスにはレシピを渡してタレを作ってもらう。果物も入れるから、キッチンには甘い匂いが充満している。

私は引き抜いた舌を薄切りにして、大きなお皿に並べて塩をまぶしておく。あとでレモン汁も作ろう。タンにはやっぱりレモン汁がいいわよね。

それから、主にホルモンと呼ばれるシマチョウを一口サイズに切っていく。甘いタレと合わせて、ぷりぷりとした触感を味わってもらおう。

シマチョウの下に位置するマルチョウも、食べやすいように小さく切っておく。こちらはぷりぷりというより、ぷるぷるしているホルモン。

テッポウはハードな食感がするから、薄めの方がいいかしら。

牛で言う小腸と直腸は切り終えた。

次は心臓ことハツを、スライスするように切っていく。そばのコリコリと呼ばれる大動脈は、その名の通りコリコリした食感がする希少部位。こちらにもタンと同じく塩をまぶしておく。さっぱり味がぴったりだと思う。

「ギョワ!?」

「セス！」

お皿に盛り付けられた真っ赤なハツを見て、生肉が苦手なセスは卒倒しそうになっている。

「ごめんなさい、セス。セスには尻尾を煮込んだスープを用意するわね」

尻尾は硬いけれど、煮込み料理に向いている。

「コラーゲンたっぷりで、旨味《うまみ》がぎゅっと詰まったスープに仕上げるわ」

「本当!?　もっと可愛くなっちゃう！」

「ふふ、そうね。中庭にバーベキューの準備をしてくれる？」

「了解！」

嬉しそうにそう言うとセスは、軽い足取りでキッチンを出ていった。

私は尻尾でスープを作り始める。その間に、内臓をどんどん切っていく。

ロースやカルビと言った部位も切って、お皿に綺麗に盛り付けたあとには、達成感を感じた。

「んぅーさすがに血なまぐさい？　ラクレイン」

キッチンの隅でずっと見守ってくれていたラクレインに問う。

内臓系ばかり切っていたから、キッチンが血なまぐさくなった気がする。鼻が利《き》いて生肉が苦手なセスには、辛いかもしれない。

「我の風で吹き飛ばしてやろう」

「じゃあ、あとでお願いしますね」

そう頼んだあと、私とラクレインは中庭に置いてあるテーブルにお肉を運ぶ。

そこに、獣人傭兵団の皆さんが帰ってきた。

「あれ!? お嬢がいる！」

「わっ！」

キッチンに戻るところで鉢合わせた、純白もふもふチーター姿のリュセさんに抱き付かれる。

すりすりと頬ずりしながら、長い尻尾を腰に巻き付けてくるデレデレな大きな猫さん。

もふもふは嬉しいけれど、こう熱烈では困ります……！

「お、おかえりなさいませ！ 皆さん」

なんとか抜け出したあと、私は気を取り直して挨拶《あいさつ》する。

「ラクレインと一緒にお邪魔しています」

「ほんとだ、ラクレインもいるー」

「よぉ、ラクレイン！」

リュセさんの後ろからひょっこり現れた青い狼姿のチセさんは、陽気に挨拶《あいさつ》をした。

「それにしても、お嬢、なんか血なまぐさいなぁ……悪いことでもしてた？」

にやり、としながら意地悪なことを言うリュセさん。

悪いことってなんでしょうか……

「牛っぽいな！」

スンスン、と私の匂いを嗅《か》いで言い当てるチセさん。

すごい嗅覚です！

「ラクレインがモームを狩ってきてくれたので、焼き肉パーティーをしようと思い、用意しました」

「モームって、結構高い肉だよね？」

「はい、セナさん」

ジャッカルの姿をしたセナさんに頷《うなず》いたあと、後ろに立つシゼさんを見上げる。

「よろしかったでしょうか？」

「……ああ」

純黒《じゅんこく》の獅子の姿をしたシゼさんは、許可をくれた。

「よかった！　切ったお肉はお皿に盛り付けてあるので、運ぶのを手伝ってもらっていいですか？」

「いいぜ」

リュセさんが返事をして、一緒にキッチンに入る。

「お嬢、この白い肉は何？」

「小腸です、シマチョウって言います。ほら、もつ煮とかにするお肉ですよ」

この世界では、内臓を進んで食べることが少なく、見慣れないせいか、リュセさんはシマチョウを怪訝《けげん》そうに見た。

「ぷりぷりしてて、甘いタレに絡めたら美味しいんですよ」

「お嬢が言うなら」

なんて、あっさりと私の言葉を信じるリュセさん。

「この肉は？　ローニャ。カルビでもロースでもなさそうだな」

今度はチセさんが尋ねてくる。

「それはモームの舌です。塩タンにしてありますし、レモン汁をつけていただくとさっぱりしてて美味しいと思います。弾力があるんですよ」

「……美味《うま》そう」

よだれを垂らしそうなチセさん。生で食べてもお腹を壊しそうにはないけれど……

「ラクレインも食べるのかい？」

「食べたらいけないのか？」

「そうじゃないけど、珍しいなって思って。料理食べたがらないでしょう」

セナさんがラクレインに問いかける。

確かにラクレインは生肉が好みで、調理したものはあまり好まない。

「今日は焼いてタレに絡めて食べるだけだ」

「焼き肉なので」

私はラクレインに続いて、笑ってみせる。

「焼き肉って馴染《なじ》みないな」

「そうですよね」

私もこの世界で焼き肉屋とか見たことがない。

バーベキューが定番だ。

「バーベキューとは違うのかい？」

「似ていますが、今回は串に刺しません。ただお肉を焼くだけです。……あっ！　野菜も切っておくべきでしたね！　私切ってきますね！」

「いいじゃん、肉だけの焼き肉パーティーで」

「今回だけだよ、チセ」

野菜にまで頭が回っていないことに気付いたけれど、チセさんに阻《はば》まれた。

野菜を食べろと口うるさく言うことなく、セナさんも中庭へ足を進める。

「あっ！　おっかえりー!!」

バーベキューセットの火の具合を確認していたセスが、手を大きく振って出迎える。

「おお！　肉がいっぱいだ!!」

テーブルに並んだお肉を見て、チセさんは目を爛々《らんらん》と輝かせる。

モーム一頭分のお肉は、テーブルから溢れそうだ。

「こんなに……食べきれるかい？」

「食える!!」

心配するセナさんに、チセさんは言い切った。

そんな会話を交えつつ、私はまず塩タンから焼き始める。

「お、早い」

「これくらいがちょうどいいんです。あまり焼きすぎると固くなるので」

私はサッと焼いた塩タンを、皆さんに渡したレモン汁の入った小皿に配る。

「では、いただきますね。ラクレイン」

「サンキュー、ラクレイン。いっただっきまーす」

「あんがと、ラクレイン！」

「いただくよ、ラクレイン」

「いただきまぁす、ラクレイン！」

「いただくぞ、ラクレイン」

私がラクレインにお礼を言うと、リュセさん達も次々お礼を言い、お肉を口に運んだ。

「ああ」と返事したラクレインも、一口食べる。焼けた肉ならセスも大丈夫だ。

弾力がある塩タンの食感を味わいつつ、さっぱりしたレモン味を感じる。

「美味《うま》いな！」

「うん、美味《うま》い」

チセさんとリュセさんが咀嚼《そしゃく》しながら、うんうん頷《うなず》く。

シゼさん達もお気に召したらしい。

私は焼き続ける。

「んーぷりぷりしてる！」

「これもぷるぷるだぞ！　タレも甘くていいな！　美味《うま》い！」

内臓系も好評のようだ。

セスも生肉が気にならなくなったらしく、そばで焼き上がるのを待っている。

チセさんはタレを大層気に入ってくれたようだ。

「お嬢、これもう食べていい？」

「まだですよ、ハラミはもう少し焼かないと」

「ラクレインは血の滴《したた》ったハラミを食べたけど？」

「ラクレインなら大丈夫ですけど……」

普段から生肉を食べているから、大丈夫だろう。

「でもいいね、こうして焼くのって。香ばしい匂いもいい」

セナさんがそう言って、笑いかけてきた。

「私もこうして皆さんと団らんできて嬉しいです」

私も心から嬉しいと思って答える。

「あ、焼けました。どうぞ、シゼさん」

黙々と食べているシゼさんの小皿に焼けたお肉を運ぶ。

「なんでシゼが先なんだよ！　オレずっと待ってんだけど⁉」

「あ、つい……優先順位として、シゼさんが一番なのかと思ってました」

リュセさんが苦情を入れるものだから、私は困ってしまう。

「弱肉強食！　早いもん勝ちだ‼」

「お、落ち着いてください！　焼けたお肉だけ取っていってくださいね！」

その言葉に、肉食な獣人と幻獣が目をぎらつかせた。

お肉を取り合う光景を、私は賑《にぎ》やかで楽しいと見ていたのだった。

RC
Regina COMICS
令嬢はまったりをご所望。
1~2
原作 三月べに
漫画 梶山ミカ
アルファポリスWebサイトにて
好評連載中!
もふもふファンタジー
待望のコミカライズ!
過労により命を落とし、とある小説の世界に悪役令嬢として転生してしまったローニャ。彼女は自分が婚約破棄され、表舞台から追放される運命にあることを知っている。
だけど、今世でこそ、平和にゆっくり過ごしたい!
そう願ったローニャは、小説通り追放されたあと、ロトと呼ばれるちび妖精達の力を借りて田舎街に喫茶店をオープン。すると個性的な獣人達が次々やってきて——?
B6判・各定価:本体680円+税
大好評発売中!
アルファポリス 漫画
検索
令嬢はまったりをご所望。2
三月べに
梶山ミカ
妖精ともふもふ獣人達に囲まれて幸せ満喫中!?
悪役令嬢

RC Regina COMICS
原作 夏目みや Miya Natsume
漫画 文月路亜 Roa Fuduki
異世界王子の年上シンデレラ
Cinderella of the Prince in Another World

本書は、2019 年 11 月当社より単行本として刊行されたものに書き下ろしを加えて文庫化したものです。


この作品に対する皆様のご意見・ご感想をお待ちしております。

おハガキ・お手紙は以下の宛先にお送りください。

【宛先】

〒 150-6008 東京都渋谷区恵比寿 4-20-3 恵比寿ｶﾞｰﾃﾞﾝﾌﾟﾚｲｽﾀﾜｰ 8F
（株）アルファポリス　書籍感想係

メールフォームでのご意見・ご感想は右のＱＲコードから、
あるいは以下のワードで検索をかけてください。

アルファポリス　書籍の感想　検索

ご感想はこちらから

レジーナ文庫

令嬢《れいじょう》はまったりをご所望《しょもう》。4

三月《みつ き》べに

2021 年 1 月 20 日初版発行

文庫編集－斧木悠子・宮田可南子
編集長－太田鉄平
発行者－梶本雄介
発行所－株式会社アルファポリス
〒150-6008 東京都渋谷区恵比寿4-20-3 恵比寿ｶﾞｰﾃﾞﾝﾌﾟﾚｲｽﾀﾜｰ8階
TEL 03-6277-1601（営業）　03-6277-1602（編集）
URL https://www.alphapolis.co.jp/
発売元－株式会社星雲社（共同出版社・流通責任出版社）
〒112-0005 東京都文京区水道1-3-30
TEL 03-3868-3275
装丁・本文イラスト－RAHWIA
装丁デザイン－AFTERGLOW
（レーベルフォーマットデザイン－ansyyqdesign）
印刷－中央精版印刷株式会社

価格はカバーに表示されてあります。

落丁乱丁の場合はアルファポリスまでご連絡ください。

送料は小社負担でお取り替えします。


ISBN978-4-434-28378-9 C0193